마지막 잎새의 설움

백낙원 목사 제3시집

_____ 에게 드립니다.

시음사
시사랑음악사랑

시인의 말

내가 사실상 절필(絶筆)을 한 지도 5년이 넘었습니다. 아내가 아직도 와병(臥病)중이기 때문에 경황(景況) 도 없었거니와 긍정적이고 밝은 글보다는 비관적인 글 이 많았기 때문이기도 합니다.
그러나 내 나이가 여든다섯이나 되고 보니, 만약 내가 세상을 떠난다면 이 시들이 사장되고 말 것이라는 조급 한 마음이 들어서 출간을 결심하였고, 책 제목도 "마지 막 잎새의 설움"이라고 정했습니다.

제가 등단은 오래전에 했지만, 일평생 목회만 해온 사 람이기에 3류 시인에도 속할 수 없다는 것을 나도 잘 압 니다. 그러나 이 사회에는 꼭 일류(一流)만 필요한 것 이 아니라는 사실입니다. 예를 들자면 의사도 일류의사 만 필요한 것이 아니라 시골의 의사도 필요하듯이, 나 와 비슷한 수준의 독자들이 있을 것이라 여겨 출판을 결심한 것입니다.
각설하고 이 책이 되기까지 애써주신 대한문인협회 김 락호 이사장님과 물심양면으로 격려해 준 익명의 50년 지기 친구, 그리고 교정을 맡아 주신 시음사 출판사에 도 심심한 감사의 말씀을 드립니다. 독자 여러분들도 너그러운 마음으로 이해해 주시고 많은 격려 부탁드리 면서 인사를 대신합니다. 감사합니다.

황우 목사 백낙원

* 목차

* 목차

봄 색시 오시네

분홍 저고리에
연두치마 차려입고
꽃가마 탄 봄 색시 오시는 길.

살랑살랑 얄랑얄랑
봄 색시 치맛바람에
고운 임 체향(體香) 묻어온다.

꾀꼬리 장단에 까투리 날고
봄을 부르는 딱따구리
까막까치 짝을 찾아 날아오른다.

버드나무 연한 순 꺾어
닐리리얄라, 풀피리 불면
옛 임 여린 음성 들려오는 듯.

봄의 교향악 산울림 하면
벚꽃님 기다렸다는 듯이
꽃잎 나풀나풀 뿌려주시네.

이 봄에는

이팝나무 향기 그윽한 이 봄에는
들꽃들 앞에 무릎 꿇는
마음의 여유를 갖게 하소서.

민들레 꽃씨 힘차게 불어
천사처럼 날아가는 모습 보며
하늘을 나는 동심을 갖게 하소서.

맑고 고운 새소리 들으며
고향의 봄을 노래하는
예쁜 감성을 갖게 하소서.

무럭무럭 자라는 새싹을 보며
바람이 전하는 이야기 듣는
유연한 삶의 자세를 갖게 하소서.

숨 가쁜 걸음 잠시 멈춰 서서
백학과 강강수월래 부르는
삶의 희열을 맛보게 하소서.

이 아름다운 계절과 함께
자연의 순리 따라 곱게 나이 드는
복된 늙은이가 되게 하소서.

춘색(春色)

입춘도 지나고 우수 경첩 다 지났는데
코로나에 발 묶여 오가도 못하다가
무료함 떨치려 산책에 나섰더니
산정호수에 봄기운 완연하고
오리 떼 먹이 찾아 자맥질이 한창이다.

산골짝마다 바람꽃 일고
움츠렸던 나생이, 씀바귀, 속속이풀.
하늘 쳐들고 기지개를 켜는데
하릴없이 벤치에 걸터앉은 망구
숨 가쁘게 달려온 인생이 서럽다.

* 망구 : 아흔을 바라본다는 뜻으로, 여든한 살의 일컬음.

8

춘심(春心)

철 잃은 매화는 입덧을 하고
동백꽃, 함박꽃도 헤픈 웃음인데
찌든 겨울 쓸어내려 빗자루 들었더니
낙엽 이불 켜켜이 덮고 잠든 토룡(土龍)들
곤한 잠 깨운다고 짜증을 부린다.

춘삼월 미풍은 산천을 일깨우고
이내 가슴에 불 질러 놓았지만
검은 먼지바람 하늘을 뒤덮고
짝 잃은 외기러기 서럽기도 한데
이 춘심 어떻게 달랠지 한이로구나.

꽃비

보슬보슬 봄비가 내려
새싹도 눈을 뜨고
명자도 웃음보 터트렸다.

앵화(櫻花) 하얀 꽃비 내리니
겨우내 움츠렸던 청보리 이랑도
이리 둥실 저리 둥실 어깨춤이다.

엄동을 숨겼던 목련화도
앞섶 활짝 열어 놓고
임 마중에 날 저무는 줄 모르네.

우리 고운 님 마음에도
이 꽃비 소록소록 내려
노란 개나리꽃 피우기를 빌어야겠다.

* 명자 : 홍매화. 그 열매를 모과라 한다. 모습이 청순하여 "아가씨 나무"라고도 부른다.
* 앵화(櫻花) : 벚꽃
* 노란 개나리 : 우리나라에서만 피는 꽃으로 꽃말은 희망이다.

봄의 합창

밤새 내린 비로
앞 도랑물 노래하고
아침 해 솟으니
앞산 정취(情趣) 생경하다.

덮었던 구름 이불
솔바람이 걷어 가면
고무(鼓舞)된 수목들
두 팔 치켜들고 박수를 한다.

멱 감은 아씨인 양
새초롬한 앳된 얼굴
해맑은 그대 모습
홍조 띤 웃음 곱기도 하네.

꽃들의 파안대소

요즘 우리 집에는
꽃들이 웃음 잔치를 벌인다.

인간은 때때로
빈정거리는 치소(嗤笑)도 하고
남을 업신여기는 경소(輕笑)에
코웃음인 비소(鼻笑)도 하지만,

꽃들의 세계에는
가소(假笑)도 없고
냉소(冷笑)도 없다.

살포시 미소(微笑) 짓는가 하면,
사랑이 넘치는 교소(巧笑)
홍소(哄笑)에 쾌소(快笑)도 한다.

박장대소(拍掌大笑)도 하고,
얼굴 활짝 펴 파안대소(破顔大笑)와
눈물 날 정도의 요절복통(腰折腹痛),
숨이 멎을 것 같은 포복절도(抱腹絕倒)도 한다.

웃을 일 별로 없는 요즘 우리네지만
아랑곳하지 않고 꽃들은 그저 웃는다.
꽃들의 웃음소리를 들어 보시라.
당신의 귀에 이 소리가 들리지 않는가?

봄의 아우성

대문 옆에 망우초도
노란 부리 내밀고
담장 밑에 이별초는
한 많은 사연 시작하였네.

삼동(三冬)을 이긴 겨울초는
집 나간 입맛도 불러오고
냉잇국에 달래 무침
별미 중 별미로구나.

대문까지 잠근다는
구채(韮菜) 부침개
고운 임 손맛까지 어우러지니
봄의 아우성이 한창이구나.

＊ 망우초(忘憂草) : "시름을 잊게 해주는 풀" 즉 원추리를 말한다.
＊ 이별초 : 상사화, 꽃무릇, 잎과 꽃이 서로 볼 수 없어 이별초라 부른다.
＊ 겨울초 : 유채인데 하루나, 월동초, 삼동초라고도 불린다.
＊ 구채(韮菜) : 부추

여왕의 왕림

봄바람이 파발 보내
땅 밑 새싹들 겨울잠 깨우고
오월 산천은 여왕 맞으러
종종걸음에 여념이 없다.

신록으로 갈아입은 수목들
이두박근 자랑하며 도열(堵列)하니
벽오동 아가씨는 자주 치마
곱게도 다려 입었다.

꽃들도 살포시 자궁 열고
페로몬 향 토하는데
예쁜 보선에 아카시아 꽃송이
오물거리던 어린 시절 그리워진다.

계절은 갔다가도 다시 돌아오는데
인생은 불귀객 하니
앞만 보고 죽자고 달려온
무심한 세월이 야속하더라.

* 페로몬(pheromone) : 유인(誘引) 물질을 일컫는다.

봄날은 간다

봄 색시 오신다고 좋아라! 했는데
곱게 땋은 머리 뒤태를 보이고
누른빛 감도는 보리 이랑 춤춘다.

보리누름에 설늙은이 얼어 죽는다고
옛 어른들이 말씀하시곤 했는데
5월 중순 더위가 한여름 진배없다.

농부들은 못자리 마련에 여념이 없고
본답(本畓)엔 물 담아 쓰레질이 한창인데
씨 뿌리는 농부들 손길이 분주하다.

계집 죽고 자식 죽었다는 비둘기 울음소리
산천 가득한 풍년가가 그리웁지만
인생들아! 착각하지 마라. 봄날은 간다.

임이 다녀가셨나 보네

달포 넘게 집을 비웠더니
기별도 없던 임이 그새를 못 참고
다녀가신 발자국 선명하다.

매화는 입덧을 시작했고
울타리 밑 양지쪽 원추리는
국을 끓이긴 너무 쇠어 버렸다.

겨우내 옷섶 꽁꽁 여몄던 동백은
옷고름 풀어 헤친 가슴에
젖무덤 봉싯봉싯 잘도 부풀었다.

땅 짐 지고 엎드렸던 냉이마저
임 따라가려는 듯 흰 돛대 달았고
삼동초 장다리엔 황포돛대 달았네.

실성한 함박은 히죽히죽 웃기만 하고
살구나무는 백발을 휘날리며
온몸으로 살아 있음을 노래하는구나.

치맛자락 잡는 요량(料量)으로
햇살 담긴 쑥부쟁이 뜯어다가
구수한 쑥버무리 해 먹어야겠다.

* 봉싯 : 소리 없이 예쁘장하게 조금 입을 벌리고 가볍게 웃는 모양.

도령님 다녀가신 후

그대의 따뜻한 입김
황량한 내 가슴에 닿을 때
나는 따스한 봄날 눈사람이었습니다.

당신의 도포 자락 스쳐 간 후
내 침실엔 먼지바람만 일고
밤마다 몽중몽(夢中夢)이랍니다.

이미 배태한 여름이기에
찬란한 내일을 기약하며
분만(分娩)의 날만 기다립니다.

당신은 다시 오시겠지만
오지랖에 그리움 서리서리 담은
인고의 세월 삼백예순다섯입니다.

---

* 몽중몽(夢中夢) : 꿈속의 꿈이란 뜻으로, 이 세상이 덧없음을 비유하는 말.
* 여름 : 열매의 우리말.
* 봄은 다시 오겠지만 인명은 재천이라, 오지랖에 그리움 안고 혹독한 겨울도
   견디겠습니다.

내연산 계곡의 물소리

한 방울 두 방울 모인 물이
구불구불 계곡을 타고
깔깔거리며 흐른다.

젖먹이의 옹알이로부터
연인들의 사랑 속삭임까지
내연산 계곡엔 없는 소리가 없다.

바위들이 옥신각신하는 소리
할머니의 구수한 옛날이야기
도깨비 집 짓는 소리도 들린다.

귀신 씻나락 까먹는 소리
몽달귀신 못다 한 사랑 이야기
아귀(餓鬼)들 다투는 소리도 있다.

밥 먹으라고 부르는 엄마 소리에
깜짝 놀라 뒤돌아보면
다람쥐도 두 귀 쫑긋 갸웃거린다.

조물주 태곳적 소리에
내 감사 찬양까지 보태서
드넓은 바다로 띄워 보내야겠다.

바람(1)

산새들마저 사라진
앙상한 나뭇가지
스치는 바람도 외롭다.

양떼구름처럼
하염없이 흘러가는
세월도 야속한데

바람처럼 왔다가
바람처럼 사라져간
꿈속의 여인아.

향긋한 손수건으로
그대 이마에 땀방울
고이 닦아주고 싶어라.

애달프게 사모하는 마음
서리서리 접어둔 옛 사연
두런두런 들려주고 싶어라.

눈물로 얼룩진 얼굴
이별로 상처 난 마음
가만가만 토닥여 주고 싶어라.

바람(2)

살랑살랑 곰살갑게 춤추며 다가와
땅속에서 잠자는 개구리 깨워 놓고
진달래 간질어 꽃단장시켜 놓고
구중심처 아가씨들 봄바람 내놓고

굴참나무 이파리 춤추게 해놓고
아지랑이 모락모락 향불 피워 놓고
아카시아 향기 아련하게 흩어 놓고
벌 나비 열심히 꿀 따게 해놓고

산천초목 울긋불긋 채색해 놓고
오곡백과 주렁주렁 맺히게 해놓고
감나무에 까치밥 대롱대롱 달아 놓고
사내 맘 흔들어 잠 못 들게 해놓고

산야(山野)의 초목들 오색물감 뿌려 놓고
단풍잎 우수수 낙엽 지게 해놓고
하얀 눈 체질해 천지강산 덮어 놓고
산골짝 계곡물 더더귀더더귀 얼려 놓고

바람아! 너는
어디서 왔다가 어디로 가느냐.
설레발만 치지 말고
제발 임 소식이나 전해주렴.

합죽선

가지 말라고 그토록 애원했건만
봄바람 선뜻 가버리고
어느덧 훈풍 불어와
한 겹 두 겹 표피를 벗긴다.

송알송알 땀방울 맺힐 때
조상님의 친구 합죽선 꺼내 펴면
서리서리 접어 두었던
사군자 산수화 자태를 뽐낸다.

휘파람새 날아간 느티나무 짙은 그늘
설렁설렁 신선 흉내를 내면
없던 거드름도 피어나고
이른 오월 더위도 오수를 즐긴다.

일기예보

애들아!
장독 뚜껑 덮어라.
할머니의 일기 예보에
영락없이 비가 오곤 했었지.

나도 요즈음
사지가 지긋지긋
자가(自家) 일기 예보를 더러 한다.

이제는 덮을 장독도 없고
내 예보 들어줄 사람도 없는데
이사 준비하라는 하늘 파발이겠지.

비 오는 거리

비가 옵니다.
궂은비가 옵니다.
보닛에 빗방울이 튀고
차창을 요란하게 두드립니다.

나는 그럴수록
창을 더 굳게 닫고
비의 하소연마저
외면하려 안간힘입니다.

자동차도 구슬픈
눈물 흘리며 울고
와이퍼는 색색거리며
그 눈물 닦느라 바쁩니다.

창밖의 가로등은
함초롬히 비를 맞고 서서
비의 하소연 좀 들어주라고
고개 숙여 조용히 속삭입니다.

이러다가 밤샌 비 님은
맥이 빠져버릴 테고
그 속삭임 듣지 못한 채
새벽 햇귀로 밝아 옵니다.

* 햇귀 : 해가 떠오르기 전에 나타나는 노을 같은 분위기

23

바다가 웁니다

임 찾아와 품에 안길 때는
젓가락 장단에 어깨춤 췄는데

서러움도 회한도 미련(未練)까지
한 아름씩 쏟아 놓고 떠나 버린
텅 빈 백사장엔 껍데기만 쌓여
구슬픈 포말(泡沫) 뿜어 대며
긴긴밤 눈물로 지샌답니다.

갈매기도 잠이 들고
등댓불도 졸고 있는 밤.

고고한 달님마저 바다에 빠져
흐느적흐느적 몸부림치면
더 이상 견디지 못하고
애꿎은 뱃전 두드리며
훌쩍훌쩍 바다가 웁니다.

열대야(熱帶夜)

수십 년 만에 찾아온 나그네 때문에
밤마다 외로운 소쩍새처럼
잠 못 이뤄 뒤척이는 귀뚜라미 신세.

장죽(長竹)에 도포 자락 휘날리며
팔자걸음 휘젓든 조상님들의
합죽선 바람에도 줄행랑을 쳤는데,

선풍기 바람도 어림없고
에어컨 냉기에 미동도 하지 않는
이 몹쓸 불청객 어쩌면 좋을꼬.

마당에 쑥대 모깃불 피워 놓고
죽부인 껴안고 멍석에 드러누워
태평가 부르던 옛날이 그립구나.

잠 못 이루는 밤

아스라한 고민도
소스라칠 외로움도 없는데
까만 망막에 총총한 별들
시샘에 눈이 무르고

마당에 멍석 깔고
모깃불 옆에 나란히 누워
내 별이라 점찍은 그 별
아직도 아련히 빛나는구나.

귀청 울리는 까마귀 소리
행여나 오작교 지으려나.
어느새 까마귀는 보이지 않고
무심한 견공만 우짖어 대네.

유유히 흐르는 은하수에
돛단배 하나 띄우고
임 찾아 나섰다가
길 잃은 내 모습 애처롭구나.

늦여름

울분에 넘쳐 바닷물도 끓이고
삼겹살 익히던 성하(盛夏)의 햇살이
시름시름 몸살을 한다.

나뭇가지는 아침저녁 부채질하고
계곡물 송사리 살랑살랑 꼬리치는
늦여름의 한가로운 오후.

하릴없는 뭉게구름 두둥실
애처로이 짝을 찾는 풀벌레 소리
선학(仙鶴)의 날갯짓이 우아하구나.

파도보래가 거칠다

김장배추 절이려고
바닷물 퍼 오려 나섰더니
인적 끊긴 해변은 고즈넉하고
잡동사니들 여기저기 널려
을씨년스럽기 그지없다.

옛날 우리 아베
내가 잘못을 저질러도
나를 책하지 않으시고
땅바닥을 매질하셨는데
바다도 갯바위만 매질하시는구나.

주인 허락도 없이
바닷물 여남은 통 담은 후
뒤돌아보니 바닷물이 줄었다.

자연은 조물주께 빌려 쓰는 것
고이 쓰고 돌려 드려야 하는데
오늘따라 파도보래가 거칠다.

* 고즈넉하다 : 고요하고 적막한 상태.
* 파도보래 : 파도가 일으키는 물보라.

가을

당신은 왜
소리 소문도 없이
문틈 비집고 침실까지
찾아 드시는가요.

요즘은
당신 기척에 소스라쳐
발치의 이불
당기곤 한답니다.

아침잠 깨어
깊은숨 들이쉬며
당신의 향기 폐부 깊숙이
빨아 당긴답니다.

당신은
나의 평생지기 연인이니까요.

임이여! 가을입니다

임이여! 가을입니다.
남들은 이 가을이
아름답다고 하지만
내게는 슬픈 계절이외다.

인생의 봄날 그때 그대와 나
완연한 춘색(春色)이었는데
세월 풍(歲月風) 하도 매워
추색(秋色)이기 때문입니다.

서리 맞아 동색(冬色) 되어
그 길고 긴 날 고락을 같이한 아람들
속절없이 떠나보내야 하는
이별의 계절이기 때문이외다.

가을인데 어쩌나

이글거리던 태양도 고개 숙이니
하늘 높고 물 맑은데
역마살 낀 선들바람은
어영부영하며 니나노를 부르고
아! 이제 정말 가을인가 보다.

비학산 넘어오는 구름도
휴일 오후처럼 한가로운데
고추잠자리 바지랑대 위에서 졸고
살판 만난 새들의 날개깃에 실려
집 나갔던 추억이 다시 돌아온다.

긴긴 여름 지나는 동안
가뭄과 더위의 기승은
이 풍요로움의 해산 고통일지니
붉은 서산 노을은
차라리 황홀한 화폭이어라.

송아지 울음도 애처롭고
아람들도 얼굴 붉히는
완연한 가을인데
우리 하늘 아버지께 드릴
여름 광주리 무엇으로 채운담.

* 어영부영 : 되는대로 행동하는 모양.
* 니나노 : 경기민요 늴리리야와 태평가 따위의 후렴구에 나오는 감탄사.
* 아람 : 충분히 익어 저절로 떨어질 정도가 된 상태의 열매.
* 여름 광주리 : 여름은 열매의 우리말. 열매 바구니.

가을 숲에선

가을 숲에선
과일 익는 냄새가 난다.
쑥부쟁이 억새꽃
금빛 물결 파도치고
머루 다래가 낯을 붉히는 다솜.

가을 숲에선
사랑 익는 냄새가 난다.
밤 깊어 가는 줄도 모르고
속삭이든 옛 임의 목소리
그 체향(體香)까지 실어다 주는 그미.

가을 숲에선
울 엄마 젖 내음이 난다.
무턱대고 파고들어도
더없이 넉넉한 품으로
오롯이 감싸 주는 아람치.

* 다솜 : 애틋한 사랑
* 그미 : 그 여자.
* 아람치 : 자기의 차지가 된 것.

가을 여인

가을 향기 물씬 풍기는
한적한 호숫가 에움길
살살이 꽃 한들한들
들녘엔 황금물결 출렁이는데

챙 큰 모자 눌러쓴 여인
두 팔 가벼이 흔들며
꽃잎처럼 바람처럼
모롱이 돌아 어디를 가나.

나풀나풀 나비걸음
짧은 치마 찰랑이며
단풍 닮은 홍조(紅潮) 띄고
콧노래 부르는 가을 여인.

* 에움길 : 빙 둘러서 가는 길이나 우회로.
* 살사리 꽃 : 코스모스를 일컫는 우리말.

33

가을 편지

가을 정취 물씬 풍기는
오솔길 따라 걷노라면
풀벌레 소리마저 시심을 일깨우고

황금 물결치는 가을 들녘에
역도선수인 양 빨간 감 주렁주렁
매달고 서 있는 감나무가 애처롭다.

솔가지 흔드는 가을바람
옛 임 향한 못다 한 사연
계곡물에 띄워 보내고 싶어라.

담소(潭沼)에 담긴 파란 하늘
뭉게구름에 빨간 낙엽 우표 붙여
띄워 보내고 싶은 가을 편지.

갈바람이 바람났나 봐

아침저녁 갈바람이
하도 설레발을 치기에
우리 집 안마당이나
쓸어 주고 가랬더니

설레설레 쓸어다가
마당 구석에 쌓아 놓고
빨간 단풍잎 서너 장 싸 들고
하늘 높이 올라가시네.

이리 갈까 저리 갈까 망설이다가
등 넘고 재 넘어가는 걸 보니
어쩌면 임 만나러 가는가 보다.
아마도 갈바람이 바람났나 봐.

검은 허파

홍수처럼 밀려가는 자동차 꽁무니에서
검은 두루마기 걸친 저승사자
스멀스멀 기어 나와 너풀거리니
음산한 기운 온 산천을 감싸 돈다.

문밖출입도 꺼림직하여
검은 안경 코에 걸고
마스크로 입을 가려보지만
불안하긴 마찬가지니 누굴 탓하랴.

니코틴 가득한 검은 허파는
미세먼지와 찜통더위에
오뉴월 삼복의 검은 개처럼
혓바닥 길게 빼물고 헐떡인다.

어린 시절 그 청명한 가을 하늘
졸졸졸 흐르는 시냇물 소리
산모롱이 돌아드는 푸른 바람
그리움에 소로시 눈을 감는다.

* 스멀스멀 : 살갗에 작은 벌레 따위가 자꾸 기어가는 것처럼 근질거린다.
* 검은 허파 : 지구의 허파인 산야가 병들어 신음하고 있다.
* 소로시 : "살며시", "얌전하게"의 뜻.

만추의 낙엽

마지막 이별인 줄도 모른 채
목숨줄 놓아 버리고
한 치 앞도 모르는
긴 여행을 떠나는 만추의 낙엽.

안개비 맞으며
바람에 흩날리는
정처 없는 여행길이 서러운데.

그래도 사람들은
낙엽 밟는 소리가 좋다지만
영령들의 몸 으스러지는 단말마요
곡소리라는 것을 왜 모를까.

모두들 좋은 세상이라고
히죽거리며 정신줄 놓지만
언젠가는 외로운 낙엽 되어
땅속으로 스며들 우리네 인생.

잎새의 설움

미틈달 중순
추수 끝난 들판 공허하기만 한데
하늘 털층구름 붉디붉다.

떠나갈 잎새들 아쉬운 듯
석별의 정 나누느라
밤새워 목놓아 운다.

나뭇가지에 한 가닥 목숨줄 걸고
애걸복걸해 보지만
내일이면 고추바람 불어올 테지.

* 미틈달 : 늦겨울 달로 가을에서 겨울로 치닫는 11월을 일컫는 우리 말.
* 털층구름 : 높은 하늘에 하얀 장막처럼 퍼져 있는 구름. 권층운(卷層雲)
* 미틈달 중순을 넘어서는 것 같은 늙은이의 서러움을 노래했다.

노을이 서럽다

소꿉친구와 앞 도랑에서
물장구치던 느림보 시절도

황소 등에 올라앉아
거드름 피우던 철없는 시절도

아카시아 이파리 입에 물고
풀피리 불던 낭만의 시절도

짐 지고 헐떡이던 고난의 시절도
덧없이 흘러가 버리고

일출로 가슴 설레게 하고
정열로 대지를 달궜는데,

겨운 세파에 절룩이며
노루막이 넘는 붉은 해님.

너와 나의 죄 얼인가?
외로운 인생 노을이 서럽다.

별들의 사랑 속삭임

지친 해님 달님과 자리바꿈하고
선풍기도 몸살로 신음할 즈음
마당에 자리 펴고 텐트를 쳤다.

모기장 사이로 펼쳐진 하늘엔
별님들 사랑 속삭임 한창인데
아기별들 숨바꼭질에 정신줄 놓는다.

눈썹 닮은 달님 헤픈 눈웃음
산들바람도 꼬리를 치는데
유수 인생 뭐가 그리 바쁘다고
달·별·바람 친구를 외면했던고!

어릴 적 친구들 어디로 가고
청개구리 소리마저 처량하니
나 혼자 외로워 고향 노래 부른다.

별똥별 쏟아지는 밤에

울분을 못 삭인 비의 신(神)이
긴~ 회초리로 타작을 하더니
뜨거운 입김 검은 장막 걷어가고
40도를 오르내리는 더위에
만물이 시름시름 앓는다.

씨방 부풀리려 안간힘 쓰는 오곡들
화상 입은 아기 차마 못 보는 과목(果木)
고개 숙이고 속 눈물 흘리며
애원의 기도를 올려보지만
가마솥 열기는 식을 줄 모른다.

밤이 되어도 그 분노 가시지 않고
마당에 평상 깔고 합죽선 펴니
은하수에 북두칠성은 예스러운데
천사들의 불꽃놀이인가.
별똥별들이 비처럼 쏟아진다.

오늘은 모든 시름 다 내려놓고
은하에 돛단배 하나 띄운 후
옛 임이나 불러내야겠네.

* 비의 신(神) : 2018. 7. 4. 일. 발생한 제7호 태풍 쁘라삐룬(Prapiroon)은
　　　　　　　태국어로 "비의 신"이라는 뜻이다.
* 별똥별 : 2018년 8월 12일~14일 사이에 쏟아진 페르세우스 유성우(流星 雨).

이별 연습

이 가을엔
이별 연습을 하게 하소서.
지난봄 한바탕 정사를 치르고
잔뜩 생명을 잉태한 가을
아람들 익혀 보내듯 하게 하소서.

이 가을엔
꽃단장한 잎새들도
훌훌 털고 떠나보내듯
아무리 아픈 이별일지라도
의연(依然)할 수 있게 하소서.

이 가을엔
소슬한 고추바람 불어와
내 가슴을 공허로 채운다 해도
뜨거웠던 열정의 편린으로
화사한 새봄을 꿈꾸게 하소서.

* 아람 : 밤이나 상수리가 충분히 익어 저절로 떨어질 정도가 된 상태.
　　　　또는 그 열매.
* 고추바람 : 살을 에는 듯 매섭게 부는 차가운 바람을 비유적으로 이르는 말.

동지팥죽

눈 덮인 두레마을
오두막집 굴뚝에선
흐늘흐늘 유령처럼
뽀얀 연기 피어오르고

동구 밖에 붉은 황토
길가에 뿌려지면
윈 새끼에 묶인 고목
동장군 휘파람에 목메어 운다.

팥죽 같은 땀 흘리시며
정성스레 빚은 동지팥죽
신주(神主)단지에 넣어 두면
엄마 몰래 퍼먹든 개구쟁이.

썰매로 얼음 지치고
쥐불놀이하던 코흘리개
희수(喜壽) 지나 솔수(率壽)까지 지나니
성성한 백발 눈처럼 날린다.

* 희수(喜壽) 77세. 오래 살아 기쁘다는 뜻.
* 솔수(率壽) 80세. 솔(率)자는 팔십을 의미함.

43

눈물일까? 눈(雪)물일까?

싸락눈이 내리는
이런 날에는
정처 없이 걷고 싶다.

오솔길 홀로 걷는 여인
우산에 파고들어
함께 거닐고 싶다.

벤치에 나란히 앉아
귓속말로 소곤소곤
옛이야기 나누고 싶다.

옛 그 아린 추억
우산 타고 흐르는 낙수는
눈물일까? 눈(雪)~물일까?

설중매(雪中梅)

우수(雨水)라고는 하지만
아직도 눈바람 매서운데
매화는 벌써 연지 찍고
살짝 앞가슴 열어 제겼다.

알알이 맺힐 여름 위해
임 오시기만 기다리며
눈 이불 살포시 열어
대문 밖 사정 살피시는가.

다섯 장의 꽃잎 열어
임 맞을 준비하였건만
오실 임 감감소식이라
향기 파발 먼저 보내시는가.

* 여름 : 열매의 우리말

45

뒤웅박 신세

행여나 달님의 총애 받을까 하여
초가지붕에 공중선(空中線) 펴놓고
밤마다 순백의 정열 터트리지만
새초롬히 새벽 찬 이슬 맞아
꽃잎 닫아 버리는 박꽃의 비애.

해 지고 달 뜨는 세월
넝쿨에 매달린 조막손
희망 부풀려보지만
손톱에 찔리는 아픔
오물쪼물 박나물이 애련하구나.

서리 엉겨 가을이 몸져누우면
참나무 장작불 가마솥에 삶아
표주박 만들어 물두멍에 띄우고
구멍 뚫어 툇보에 매다니
이리저리 대롱대롱 뒤웅박 신세.

* 공중선(空中線) : 전파를 송·수신하기 위해 공중에 세우는 도선 장치. (antenna)
* 툇보 : 툇기둥과 안 기둥에 얹힌 짧은 보. 퇴량(退樑).
* 뒤웅박 신세 : 입구가 좁은 뒤웅박 속에 갇힌 팔자라는 뜻의 속담.

카페(cafe)의 연인

커피 한잔에
빨대 두 개 꽂아 놓고
원탁에 마주 앉아 이야기꽃 피우는
다정다감 카페의 연인(戀人).

갓밝이의 뽀얀 안개꽃
알록달록 파이(pie) 조각
너 한 입 나 한 입
상기된 얼굴에 볼우물도 깊다.

서로를 바라보는 그윽한 눈길
잠근 동산에 무지개구름
아무리 퍼내도
샘솟는 사랑의 옹달샘.

* 갓밝이 : 여명(黎明). 희미하게 밝아 오는 빛.
* 안개꽃 꽃말 : "맑은 마음, 깨끗한 마음, 사랑의 성공"이랍니다.

외기러기

임을 잃었나! 친구를 잃었나!
어깨는 처졌고 목은 길구나.

외로움에 겨워 소리쳐 불러 보지만
메아리도 없는 허허로움 뿐이구나.

구만리 창천에 외로운 날갯짓
시뻘건 저 두 다리 시려서 어쩔 거나.

외로운 벤치(bench)에 앉아

당신은 무슨 연고로
이 쓸쓸한 산기슭에 자리했나요.

가슴팍 활짝 열어 놓고
눈 빠지게 기다릴 임이라도 있나요.

무던히 지친 발걸음에
두 팔 거라고 어깨 내어주나요.

비록 라벤더 향은 아니지만
촌노의 체향(體香) 제발 잊지 말아 주오.

---

* 라벤더(lavender) : 꿀풀과의 상록 여러해살이풀. 지중해 연안이 원산지임.
　　　　　　　　보라색의 이삭 모양으로 피는 꽃을 증류(蒸溜)한 향유(香油).
　　　　　　　　lavender water.

저승 새

비바람 눈보라
저승 새 발톱
하도 모질어
생채기 가득한데.

머리에 핀 살구꽃
면류관이라 달래고
이마의 주름살
인생 계급장이려니!

뒤돌아본 세월
피땀 서려 있어도
다가올 노도 광풍
안간힘 다해 보네!

* 시작 노트.
저승 새는 음침한 밤에 저승사자처럼 찾아와 사람을 잡아가는 새라는 뜻이지만, 세월이
바로 저승 새가 아닐까? 저승 새의 발톱에 할퀸 상처 깊어도, 남은 세월 안간힘 다해,
노도 광풍 헤쳐나갈 것을 다짐해 본다.

홍송(紅松)

모든 세상이 칙칙한 얼굴인데
왕자(王子)의 기상인가
양귀비의 나신(裸身)인가
붉은빛 고고한 자태로
독야청청(獨也靑靑) 하는구나.

고운 결에 견고한 심지는
사또의 칼날에도 굴하지 않는
춘향 닮은 한결같은 절개로
구중궁궐 직조(織造)하던 너
아직도 산천을 호령하는구나.

천만인이 하여가(何如歌)를 불러도
단심가(丹心歌)로 답하는
포은(圃隱)의 기백이
네 핏속에 응어리로 남아
창조주 야훼를 노래하려무나.

* 홍송 : 금강송이라고도 하는데 나무가 붉고 결이 고와 궁궐을 건축할 때
  사용했던 소나무.
* 하여가(何如歌) : 이방원(李芳遠)이 정몽주(鄭夢周)의 마음을 떠보기 위하여
  지은 시조.
* 단심가(丹心歌) : 포은 정몽주 선생이 이방원의 하여가에 회답으로 읊은 시.

51

연줄

네모난 얼굴에 횅한 가슴 구멍
날개도 없이 꼬리 두어 개 달고
외가닥 연줄에 매인 채
방패연이 하늘 높이 나부낀다.

들판 개구쟁이들
조막만 해지고
미루나무 밑 성황당(城隍堂)도
조그마한 뫼일뿐이라.

남보다 조금 높다고
팔랑팔랑 까불거리더니
목줄 끊겨 천 길 곤두박질
대추나무에 걸려 대롱거린다.

정성 들여 찹쌀풀도 먹이고
유리가루 빤작이는 연줄처럼
세상 부귀공명(富貴功名)도
부질없는 한 가닥 실인 것을...

고독(1)

철도 덜 든 시절
그대 조용히
날 찾았었지!
둘만의 공간에서
멋쩍게 조회를 했었지.

한참을 서성이다가
서로 꼭 끌어안고
오래도록 입을 맞추며
그 밤이 다 가도록
아무 말도 못 했었지.

망막에 빨간 멍울 굴리며
그렇게 닭이 울고
여명이 밝아 올 때까지
가슴에 이슬이 맺혀
내내 눈물을 쏟았었지

고독이라 이름한 그대
내 맘에 둥지를 틀어
나 아직도 그대를 차마
떠나보내지 못하고
질펀한 오솔길 함께 걸어갑니다.

고독(2)

고독과
친구 했으면 좋겠다.
인생은 태어날 때부터
세상을 이별할 때까지
홀로 인생이질 않는가.

고독을
배웠으면 좋겠다.
내가 참 고독해졌을 때
낯설어하지 않고
친숙하게 되었으면 좋겠다.

고독을
사랑할 수 있으면 좋겠다.
그림자처럼 어깨동무하고
강변에 앉아 풀피리 불며
여생(餘生) 친구 하여야겠다.

달맞이꽃

노란 치마에 꽃단장하고
오실 님 마중하려
속살 보이도록 가슴팍 열었는데

하마 날 잊으셨나!
먼 길이라도 떠나셨나!
친구와 회포라도 푸시는가?

샛별이 길 밝혀도
우리 님 오시지 않고
애꿎은 애기 먼동만 바라보네.

새벽종 울린 후에야 오시는 님
새벽꿈 꾸다 깬 달맞이꽃 새아씨
토라져 새초롬히 돌아누웠네.

* 달맞이꽃 : 여름에 노란 꽃이 밤에만 피었다가 아침에 지는 꽃.
* 샛별 : 새벽에 동쪽 하늘에 가장 밝게 보이는 별, 금성.
* 애기 먼동 : 이제 막 터오는 새벽 먼동.
* 새벽꿈 : 새벽에 얼핏 꾸는 짧은 꿈.

박꽃

아침엔 이슬 머금고
낮에는 해바라기하고
밤엔 별빛 보듬어
뭉게구름처럼 피어나는 임.

살포시 미소 지으며
옷고름 푸는 신비경.
황홀한 그대여!
차라리 오르가슴이어라.

참꽃

꽃 중의 꽃
달래! 달래! 진(眞)달래 꽃.
첫사랑 순이의 볼을 닮아 예쁜 꽃.

산골 무지렁이 보릿고개 넘을 때
한 움큼 따 입에 넣고 오물오물
바가지 물로 허기 달랬는데...

강산은 수십 번 바뀌어도
변함없이 흐드러지게 핀
달래! 달래! 진(眞)달래! 내 사랑 참꽃!

56

호박꽃

못난 늙은이로 천대받으면서도
싫다는 기색 하나 없이
올해도 온화한 웃음 웃는구나.

가슴속 들여다보노라면
조물주의 창조 오묘함과
태곳적 순결이 고이 담겼어라.

광활한 우주의 신비,
찬란히 빛나는 저녁노을과
소꿉친구의 거시기도 보인다.

살뜰한 정으로 벌 나비 맞아
살도 주고 뼈도 주는 그 사랑이
자애(慈愛)로운 우리 어머니로구나!

초롱꽃

다소곳하게 고개 숙이고
가지런히 등불 밝힌 채
사립문 내다보는 초롱꽃 아씨.

춘삼월 봄바람도 지나가고
오뉴월 훈풍이 부는데
때늦은 정분이라도 났는가!

초경(初更) 지나 삼경(三更)인데
허리가 다 꼬부라지도록
여태 첫사랑을 기다리는가!

눈에 버팀목 지르고
신랑 기다리는 다섯 처녀처럼
애간장이 다 녹는구나.

다시 올 기약도 없는 임
밤새워 기다리는 심사(心事)
차마 못 할 일인가 하여라.

* 초경(初更) : 하룻밤을 다섯으로 나눈 맨 첫째의 부분《저녁 7시에서 9시 사이》.
* 삼경(三更) : 밤 11시부터 오전 1시까지를 말한다.

할미꽃

작년에 분양받아 심어놓은 할미꽃
겨우 내내 싹수도 없더니
세월도 수상하다 한데 고개 내밀었다.

이팔청춘 꽃다운 시절
겪어보지도 못했는데
왜? 날 때부터 할미꽃인가?

다소곳이 고개 숙인 그 자태가
옛날 우리 할머니 모습 같아
꼬부랑 지팡이 하나 해드려야겠다.

* 할미꽃 : 미나리아재빗과의 여러해살이풀. 봄에 자주색 꽃이 밑을 향하여
　　　　　피기 때문에 허리가 굽었다고 할미꽃, 또는 노고초(老姑草)라고 한다.
* 싹수 : 어떤 낌새나 징조를 말하지만 여기서는 장래성(將來性), 미래(未來),
　　　　희망(希望), 가망(可望) 등을 싸잡아 일컫는 말이다.

자귀나무 꽃

여왕의 왕관인가!
곱디고운 연분홍 관모
낮엔 해님 사랑에 함박웃음
밤에는 잎새들 서로 껴안은 채
잠이 드는 예쁜 사랑나무꽃.

밤이면 야합수(夜合樹)
마주 붙은 겹잎 다정도 하고
만나서 즐거운 합환수(合歡樹)
고고한 분홍 꽃 한 아름 따다가
고운 임 베개 속에 채워 드릴까.

정(情)이 많아 유정수(有情樹)
은근한 화롯불에 곱게 우려내어
불알친구 불러내 회포나 풀어 볼까!
자귀나무 꽃 활짝 핀 향기로운 유월
살포시 다가가 입맞춤하고 싶다.

* 자귀나무 : 콩과에 속하는 낙엽활엽 소교목. 자고대나무, 야합수(夜合樹),
        유정수(有情樹), 합환수(合歡樹), 사랑나무라고도 부른다.

얼음새꽃

2월도 중순을
넘어서지 못했는데
연꽃을 닮은 얼음새꽃이
하늘 우러러 방긋 웃었다.

햇빛이 비치는
낮에만 꽃잎을 열어
복을 날라다 준다는 복수초(福壽草)
날개 편 천사인 양 봄을 노래하네.

아프로디테까지 녹여버린
너 아도니스여!
얼어붙은 내 마음에도
제발 꽃잎을 열어 주렴.

* 얼음새꽃 : 복수초, 원일초, 설연화라고도 불린다. 꽃말은 "영원한 행복"이다.
* 아도니스 : 그리스 신화에 나오는 청년으로 아프로디테 여신의 애인.

상사화

임 한번 보기 위해
긴 자락 겹겹이 깔고
이제나저제나
옷고름 풀고 기다렸는데

새가슴 뛰는 사연
임이 어찌 다 알리요 만
기다리다 지쳐
쓰러져 버린 애절한 사랑.

상사굿이라도 할까나
간절한 기원 올려보지만
이승에서 다하지 못한 사랑
저승에서라도 피려는지.

뒤늦게 솟아 황새목하고
찾아보고 또 찾아봐도
그리운 임 보이지 않고
행여나 하여 이마에 손 얹습니다.

살모화(殺母花)

넌! 오늘의 이 찬란함이
오뉴월 땡볕에서 지독한 목마름 견디면서
네 어미가 젖가슴 열어젖히고
네게 준 육즙(肉汁)이라는 것을
너는 알기나 하느냐.

남들은 너를 상사화(相思花)라 부르지만
어미의 배때기를 파먹는 살모사(殺母蛇) 새끼처럼
네 어미의 살과 피를 빨아먹는
살모화(殺母花)라는 사실을
너는 알기나 하느냐.

행여! 너와 내가
오늘날 피운 꽃이 있다면
네 부모가 네게 물려준 피땀의
결과(結果)라는 사실을
잊지 말아야 하느니라.

* 상사화 : 잎은 꽃을, 꽃은 잎을 볼 수 없어서 부쳐진 이름이다.
　　　　　봄에 새순이 올라와 6월쯤 땅에서 사라진다.
　　　　　그러다가 8월쯤에 꽃대가 올라와 아름다운 꽃을 피운다.
　　　　　우리도 어떤 의미에선 살모화(殺母花)가 아닐까?

아카시아꽃

당신이 내게
세상에서 제일
얄미운 꽃을 물으신다면
주저하지 않고 벚꽃이라 하겠습니다.

삼일천하에 꽃잎 떨구어
온 세상을 어지럽히는
사쿠라이니까요.

제일 예쁜 꽃을 물으신다면
울 어매 보선 닮은 꽃.
그윽한 향기에 꿀 머금은
아카시아꽃이라 하겠습니다.

배달민족 끈질긴 생명력 지닌
아카시아꽃 화관 만들어
하늘나라 계신 울 어매
머리에 씌워 드리고 싶습니다.

* 사쿠라 : "벚나무"나 "벚꽃"을 말하는데, 사이비라는 뜻도 있고,
　　　　　 허우대는 멀쩡하나 속이 빈 사람을 일컫는다. 원산지는 우리나라다.

진달래 화전

보릿고개 넘기지 못하고
돌아오지 못할 강 건너는
모질었던 춘궁기 어린 시절.
강산에 널린 천혜(天惠)의 진달래꽃
하늘이 내려 주신 서민의 주전부리.

여신의 화신(花信)인가?
아기 천사의 날개인가?
꽃이 되어 자신을 내어 주는
엄마의 옷고름인가!
나비처럼 봄바람에 나풀거린다.

동그란 찹쌀 반죽에
핏빛 참꽃 한 송이 올려놓고
콩기름 두르고 번철에 부쳐
꿀 바른 진달래 화전 속에
아른거리는 우리 엄마의 얼굴.

* 주전부리 : 군음식을 때도 없이 자꾸 먹는 입버릇. 군것질. 입 치레.

생강나무 꽃차

구름도 쉬어가는 앞산 마루
다른 나무들 아직 꿈속인데
봄의 전령 생강나무가
노란 꽃 활짝 피웠다.

내 몸의 남은 온기
모두 다 쓸어가더니
시린 내 마음 위로라도 하듯
해맑게 웃는 샛노란 동박나무꽃.

북풍한설에 바들바들 떨면서
숱한 울음 토해내어
모질게도 아팠던 겨울산야.
생기 불어넣어 따사로움이다.

아름 따다가
고운 임 오시면
꽃차 한잔 올리고 싶은데
오늘따라 유난히 함박웃음 웃는다.

* 동박나무 : 강원도 쪽에서는 동백나무, 경상도에서는 동박나무라 한다.

꽃비

보슬보슬 봄비가 내려
새싹도 눈을 뜨고
명자도 웃음보 터트렸다.

앵화(櫻花) 하얀 꽃비 내리니
겨우내 움츠렸던 청보리 이랑도
이리 둥실 저리 둥실 어깨춤이다.

엄동을 숨겼던 목련화도
앞섶 활짝 열고
임 마중에 날 저무는 줄 모르네.

우리 고운 님 마음에도
이 꽃비 소록소록 내려
노란 개나리꽃 피우기를 빌어야겠다.

---

* 명자 : 홍매화. 그 열매를 모과라 한다.
　　　　모습이 청순하여 "아가씨 나무"라고도 부른다.
* 앵화(櫻花) : 벚꽃
* 노란 개나리 : 우리나라에서만 피는 꽃으로 꽃말은 희망이다.

꽃들의 웃음

요즘 우리 집에는
꽃들이 웃음 잔치를 벌인다.

인간은 때때로
빈정거리는 치소(嗤笑)도 하고
남을 업신여기는 경소(輕笑)에
코웃음인 비소(鼻笑)도 하지만,

꽃들의 세계에는
가소(假笑)도 없고
냉소(冷笑)도 없다.

살포시 미소(微笑) 짓는가 하면,
사랑이 넘치는 교소(巧笑)
홍소(哄笑)에 쾌소(快笑)도 한다.

박수치는 박장대소(拍掌大笑)도 하고,
얼굴 활짝 펴는 파안대소(破顔大笑)와
눈물 날 정도의 요절복통(腰折腹痛),
숨이 멎을 것 같은 포복절도(抱腹絕倒)도 있다.

웃을 일 별로 없는 요즘 우리네지만
꽃들은 아랑곳하지 않고 그저 웃는다.
꽃들의 웃음소리를 들어 보시라.
당신의 귀에 이 소리가 들리지 않는가?

꽃이 되어라

많은 사람이
나는 왜 이렇게 고독한가.
기쁜 일이라곤 없는가.
죽을 만큼 외롭다고 탄식하지만

기쁨과 즐거움은
자기가 만드는 것
모두가 행복해지는
꽃이 되려 하지 않기 때문이다.

남이 피운 꽃이 좋거든
마구잡이로 꺾지 말고
함부로 짓밟지 말 것이며
네 스스로 예쁜 꽃이 되어라.

그대가 어여쁜 한 송이
꽃이 된다면 그 향기 따라
벌 나비가 찾아올 테고
네 삶이 결코 외롭지 않으리라.

어머니라는 여인

새벽을 깨우고
목욕재계(齋戒)하신 후
정화수 장독대에 올려놓고
지극정성 축수(祝手)하는 작은 거인.

무엇이 그토록
절박하였고
잠 못 이루게 하였으며
그토록 가슴 저리게 하였든가.

올망졸망 우리 4형제 위한
치성(致誠)이었던 것을
철들어 뒤늦게 깨달았지만
이미 이 세상 분이 아니시다.

애달프다 어이하며
후회한들 무엇하랴.
목메어 불러도 소용이 없고
천추에 씻지 못할 죄인가 하여라.

아! 우리 어머니

작고하신 지도 어언 삼십여 년
아직도 아련하게 떠오르는
작은 체구에 인자하신 그 모습.
해어진 옷자락, 터진 손등,
추위에 하얗게 변한 손가락
허한 땀 줄줄 흘리시던 어머니
생각만 해도 가슴 아려옵니다.

운명하시기 이틀 전에도
"저 높은 곳을 향하여
날마다 나아갑니다."라는 찬송가
낭랑하게 부르시던 그 목소리
울적해 눈 감을 때마다
괜스레 나를 울리지만
후회한들 다시 돌아올 리 없는

어머니! 아! 우리 어머니!

작은 예수

아무리 목 터지게 불러도,
싫지 않은 이름. 어머니!

가녀린 체구지만
가문의 선장이요, 황포(黃布)돛대였어라.

그 머릿속엔 오직 십자가 사랑뿐,
우리를 위해 십자가 지신 작은 예수였어라.

활처럼 등허리 휘도록 불태운 아가페셨고
스토르게 사랑의 진수이었어라.

지은 죄 뭐가 그리도 많으셔서
교회당 마룻바닥 눈물로 닦으셨는고.

이제는 아무리 불러도 대답 없는
그 이름 우리 어머니! 어머니~~~

슈퍼우먼

우리 어머니는 항상
배부르다 하셨습니다.
어머니는 진짜 그랬을 겁니다.
우물물 바가지로 드셨기 때문이지요.

우리 어머니는 항상
춥지 않다고 하셨습니다.
어머니는 진짜 그랬을 겁니다.
가슴팍에 화롯불 이글거렸기 때문이지요.

우리 어머니는 항상
아프지 않다고 하셨습니다.
어머니는 진짜 그랬을 겁니다.
마디마디 굳은살투성이였기 때문이지요.

여든이 다 된 내가
이제야 철이 드는지
어머니께 이 신기루 세상
구경시켜 드리지 못한 것 한(恨)이 됩니다.

우리 아버지

방 안에 물그릇이
꽁꽁 얼어붙는 엄동설한에도
아버님은 새벽같이 쇠죽을 끓이신다.

쌀뜨물과 쌀겨에 볏짚을 썰어 넣고
장작불에 푹 – 끓이면
구수한 시래깃국 냄새가 나지요.

밖에서 꽁꽁 언 우리의 신발
아궁이 앞에 가지런히 놓았다가
눈 비비고 나오는 내게 대령(待令)이시다.

잔칫집에 가시면 사탕 두어 알
양조장에 가시면 고두밥 한 움큼.
챙겨다 주시던 우리 아버지
얼마나 세월이 더 흘러야 잊힐까?

내 마음속에 살아계신 우리 아버지.

밤 똥 낮 똥

우리가 어릴 때는
호랑이 담배 피우던
아주 먼 옛날도 아닌데
왜 그리 귀신들이 많았는지!

처녀귀신 몽달귀신 안방귀신
마당귀신 울안귀신 골목귀신
성주귀신 조왕귀신 통시귀신
달걀귀신 쪽박귀신 도깨비까지
귀신들이 서로 콩을 볶아 먹었지.

무서운 한밤중 통시길
손자 지킴이 해주신 우리 할머니
날 데리고 닭장 앞에 가서
닭이 밤똥 누지 사람이 밤똥 누나
밤똥일랑 가져가고 낮 똥일랑 손자주소.

날 꾸짖지 않으시고
이런 기도하셨는데
그 통시가 연지 곤지 찍고
집안으로 들어오고 보니
밤똥이면 어떻고 낮 똥이면 어떠하랴.

그 많던 귀신들 온데간데없는데
광명천지 못 보신 우리 할머니
생각하면 애운하여 눈물이 난다.

* 애운하다 : 애달프고 서운하다.

우물

우리 집에는
아무리 퍼내도
물이 마르지 않는
오래된 우물이 하나 있습니다.

도시로 나간 아들딸들
때때로 와서 들여다보고
코빼기 비치고 가지만
아슴아슴 잊지 못한답니다.

가끔은 근심거리
두레박 채 던지고 가버리면
면경 알 우물이 깨져
눈물로 우물을 채웁니다.

때때로 가락지도 빠뜨리고
비녀도 던져 놓고 가지만
참아 아꼈다가 녹 쓸어
우물물만 흐리게 하지요.

일 년에 두어 번 자식들 찾아오면
털끝 욕심도 없이 알뜰하게
퍼주고 또 주는 이끼 낀 우물.
그것이 바로 모정(母情)이랍니다.

갈잎 모정

만산홍엽 흐드러지니
모두가 침 마르도록
감탄하고 칭송하지만
갈잎에 피멍이 든 거랍니다.

소슬바람 견디지 못해
목숨줄 놓았지만
올망졸망 헐벗은 상수리
덮어 주느라 분주하답니다.

겨울 지나 봄이 오면
새끼들 거름이 될
가슴 아린 사연이
갈잎의 모정이랍니다.

젓갈 장수

정월도 꼬리를 흔들고
매서운 높바람 귓불을 때리는데
한적한 골목길 젓갈 장수
딱따구리 소리 장단에 맞춰
풀죽은 외침이 허허롭다.

젓갈이 왔어요.
젓갈이 왔어요.
새우젓, 명란젓, 꼴뚜기젓!

옛날 보릿고개 시절
꽁보리밥에 젓갈 반찬
게 눈 감추듯 할 때
그윽이 바라보시던 우리 어머니
오늘따라 그 미소가 그리워진다.

* 높바람 : 매섭게 몰아치는 된바람.

둥지

나지막한 등성이 소나무 위에
나뭇가지 물어다가 둥지 틀고
알 낳아 애지중지 새끼 기르는
해오라기 부부가 애처롭다.

산골 다랑이 논두렁에 서서
모가지 길게 빼고 두리번두리번
긴 기다림 끝에 개구리 쪼아 물고
아가들 생각에 힘겨운 날갯짓이다.

새끼들 배 속에 거지가 들었는지
어미를 볼 때마다 입을 벌리니
하루에도 수십 번씩 토혈의 고통
입에서 입으로 생명줄을 잇는다.

강산이 몇 번이나 변하도록
어메가 가슴팍에 깃털을 뽑고
살찜 뜯어 우리 사형제 기르신
은중태산(恩重泰山) 생각할수록 눈물이 난다.

* 해오라기 : 백로(白鷺)
* 어매 : 어머니의 방언.

뻐꾸기 순정(1)

이른 아침 산야에
애절한 뻐꾸기 우는소리
개개비 둥지에 몰래 맡긴
제 새끼 불러내는 토혈.

불쌍한 개개비는
제 새끼 아닌 줄도 모르고
뻐꾸기 새끼 키우느라
향기론 봄날이 다 저문다.

애간장 녹이는 어미 소리에
키운 모정 뿌리치고
미련 없이 둥지 떠나는
서글픈 뻐꾸기 순정.

뻐꾸기 순정(2)

아카시아 꽃향기 아스라이 사라진 후에
이앙기(移秧機) 쇳소리 울려 퍼지는 들녘
찔레꽃 향기 온 산천을 뒤덮는데
무슨 심보로 개개비 둥지에 알 낳아 놓고
제 새끼 불러내는 뻐꾸기 울음소리
기른 정 어쩌라고 저리도 재촉일까.

뒤도 안 돌아보고 떠나 버릴
뻔뻔한 도둑새 새끼인 줄도 모르고
하루에도 수백 번씩 먹이 날라다
피골(皮骨)이 상접(相接)하도록
자기보다 더 큰 우량아로 길렀는데
낳은 정 찾아 둥지 떠나는 뻐꾸기 순정.

가족(FAMILY)

Father and mother I Love You
이 단어들의 첫 글자를
연결하면 'FAMILY'가 된다지요.

Father and mother
아버지와 어머니가
화합하지 못하면 불행의 원인.

Father and mother I
아버지와 어머니 그리고 나
가족은 질서가 분명해야 하는 법.

Love You
에로스가 아닌 아가페 사랑으로
든든한 고리를 만들어야 한답니다.

Family
난공불락(難攻不落)의 울타리
사랑의 영원한 동반자입니다.

* 에로스(eros) : 성적인 사랑.
* 아가페(agape) : 종교적인 무조건적인 사랑.
* 이 세상에 우리가 태어나 경험하는 가장 멋진 일은 가족의 사랑을
　 배우는 것이다.
　　　　　 - 조지 맥도날드 -

그때 그 시절이 그립습니다

세상 물정(物情) 모르고
누런 콧물 달고 다니면
어메가 치맛자락 뒤집어 닦아 주시고
지에밥 한 뭉치 챙겨다 주시던 아버니.
그때 그 시절이 그립습니다.

할배의 사랑방 문 살포시 열면
화롯불에 군밤 구워 주시고
할매 치맛자락 잡아당기면
사카린 넣은 자주감자 쪄 주시던
그때 그 시절이 그립습니다.

고희 지나 망구(望九)인데
종다리알 찾아 자갈밭 뒤지고
깨 벗고 물놀이하던
그때 그 시절이 그립습니다.

4월의 진달래 함박웃음 웃고
창밖에 봄비 구슬픈데
살며시 눈 감고 뒤돌아보노라면
뒷동산 전쟁터에 불알친구
그때 그 시절이 그립습니다.

* 지에밥 : 술을 담글 때 쓰는 술밥.
* 아버니 : 아버지의 예스러운 표현.
* 망구(望九) 구십 세를 바라본다는 뜻으로 81세를 말함.
* 깨 벗고 : "발가벗었다"는 뜻의 옛말.

새해의 기원(1)

사모관대(紗帽冠帶) 치레의 하늘 순찰자
짙은 어둠 뚫고 솟아오르니
만물은 홍조를 띠고
산들은 저만치서 읍(揖)하고 섰다.

선학(仙鶴)도 너풀너풀 흥겨운 춤 추고
하늘, 이 끝에서 저 끝까지
조각구름 꽃가루 뿌렸구나.

낮고 천한 중생들이 쏟아내는
크고 작은 알뜰한 소원들
속속들이 이루어져
사랑의 온기 온 누리에 넘치게 하소서.

병마와 싸우는 환우들
외로움에 찌든 독거노인들
비좁은 공간의 장애우들
집도 절도 없는 노숙인들에게까지
따사로운 햇살 스며들게 하소서.

새해의 기도(2)

을미년 올해는
어린 양이신 당신을 닮아
온유 겸손의 마음 가져
이 땅이 평화롭게 하소서.

근심과 걱정
반목과 질시
무시와 증오
억압은 다 물러가고

즐거움과 기쁨
화목과 평화
인정(認定)과 사랑
자유의 기류가 넘치게 하소서.

높은 산 깊은 골 평지 되고
해함도 상함도 없는
시냇물 조용히 흘러
우리의 잠이 달게 하소서.

새해의 기도(3)

지금 온 세상은
말들의 성찬이
벌어지고 있습니다.

시기, 질투의 말.
낙심과 절망의 언어.
실망과 좌절의 한숨.
비판과 저주의 태풍이
회오리치고 있습니다.

싸움과 불목.
반목과 분쟁
혼란과 무질서로
아우성이 한창입니다.

올해는 믿음의 말.
긍정적인 말.
소망이 담긴 말.
사랑의 말을 하고
축복하는 말을 하게 하소서.

꿈과 희망이 담긴 말
남에게 용기를 주는 말.
사람을 살리는 말로
아름다운 꽃을 피우고
소담스런 열매를 맺게 하소서.

오늘의 기도(1)

주님!
거룩한 성령강림 주일을 맞아
항상 성령 충만하여 감사하게 하소서.

주님께 받으려는 자세가 아니라
시간과 정성, 마음과 온 영혼을
드리는 발걸음이게 하소서.

형식과 외식에 사로잡히지 않게 하시고
누가 나의 발을 씻어 줄 것인가를 바라지 말고
내가 먼저 친절로 다가가게 하옵소서.

나를 쳐서 성령님의 소욕을 따르게 하시고
주님보다 더 두려운 것도 더 귀한 것도
이 세상에는 없게 하소서. 아멘.

오늘의 기도(2)

하나님 아버지.
새날 새 아침을 맞게 하시고
당신을 우러르게 하심을 감사합니다.

오늘 이 하루도
제 말이나 글이나 행동으로
남에게 상처 주는 일 없게 하소서.

더불어 사는 이 세상에서
꼭 필요한 사람은 되지 못하더라도
있으나 마나 한 사람은 되지 않게 하소서.

나 혼자만의 시간일지라도
마음 흐트러지지 않게 하셔서
당신 앞에 한 점 부끄러울 일 없게 하소서. 아멘.

오늘의 기도(3)

거룩하신 하나님.
그릇된 신앙의 자기합리화와
지식의 오류에 빠지지 않게 해 주십시오.

우물 안 개구리 같은 아집에서 벗어나
심오하고 폭넓은 진리와
영적인 세계를 보는 혜안을 주십시오.

뒤를 돌아다보지 말게 하시고
내가 어디까지 이르렀든지
푯대를 향하여 매진하게 하소서. 아멘.

오늘의 기도(4)

주여!
나는 매 순간 호흡 한 번까지도
당신이 주셔야만 사는 거지이오니,
공로는 없사오나 자비를 베푸사
오늘에 필요한 지혜와 영의 양식을 주십시요.

주여!
나는 한 치 앞도 못 보는 소경이오니
제발 이 험한 길 더듬는 지팡이와
이 귀를 열어 주셔서
주님의 음성과 천사의 노랫소리를 듣게 하소서.

오늘의 기도(5)

주여! 오늘도 시험에 들지 않게 하시며
불의와 죄악에 동화되거나
내 양심이 무디어지지 않게 하소서.

내게 불이익이 있더라도
아닌 것은 아니라 하고
옳은 것은 옳다 하는 용기를 주소서.

오늘의 기도(6)

인생길에서 때때로 구비 치는 강을 만나고
외로운 사막을 만난다고 하더라도
좌절하거나 타협하지 말게 하소서.

내가 너와 항상 함께 잊으리라고
약속하신 그 약속을 믿고
주님의 임재를 체험하게 하소서.

절제하는 삶을 살게 하시되
지갑을 여닫을 때를 알게 하시며
항상 만족하고 감사하는 삶을 살게 하소서.

부활의 아침

개나리 노란바람 지나간 후에
도화(桃花) 분홍 비가 내리는 봄
죽음 권세 깨뜨리고
생명의 주 부활하셨습니다. 그려.

절망은 보따리 꾸려
줄행랑을 치고
서쪽으로 사라진 태양
희망의 동쪽에서 다시 솟았네요.

2천 년도 더 지난 오늘
의심으로 가득한 내 심령
완고한 심벽 깨뜨리시고
부활의 주 내게도 임하시옵소서.

씨앗 심어 열매 거두듯
성도의 죽음은 고귀한 것
땅에 묻히지 않고 심기는 것
부활의 그날 신령한 몸 입게 하소서.

사흘 후의 오는 영광

인진(茵蔯) 같은 인생살이에
낙담이 썰물처럼 밀려올 때
왜 이리도 밤이 깊으냐고
한탄하는 내 영혼아!

먹이 찾아 헤매는 늑대처럼
횃불 든 폭도들의 아우성이
회오리바람처럼 몰려오는
칠흑 같은 겟세마네 동산만 하겠는가.

못 자국마다 진한 핏물 흐르고
친구의 배신이 아무리 소태 같다고 해도
온갖 쇠파리 진드기처럼 엉겨 붙는
골고다 언덕만큼이야 하겠는가.

"내 영혼아! 네가 어찌하여 낙심하는가!
너는 하나님께 소망을 두라."(시42:5)
인고와 절망의 사흘 후에야
부활의 영광이 찾아오리라.

* 인진(茵蔯) : 인진(茵蔯) 사철쑥.
* 소태 : 소태나무의 준말. 맛이 소태 같다.

사망의 이김은 사흘뿐

골고다 언덕 그 미명(未明)의 순간
무덤 지키던 로마 군병은
바람에 날리는 하루살이가 되고
육중한 돌문은 껌 딱지가 되었네.

경천동지(驚天動地)의 그날 이후
안식일은 주의 날로
율법은 복된 소식으로
유대교는 야소교로
역사조차 두 동강이 났네.

2천 년이 지나도록
빈 무덤에선 향기가 나고
천군천사들의 찬양 우렁차도다.

만약 예수 부활이 없다면
우리의 믿음도 헛되리니
사망의 이김은 사흘뿐이라.

죽음은 왕 노릇 하지 못하고
절망 중에 참된 소망을
사망에서 생명으로 옮겼느니다.

죽음 이기고 부활하신 당신은
왕 중의 왕이시오.
나의 주 나의 하나님이십니다.

* 골고다(Golgotha) : 예수가 십자가에 못 박힌 Jerusalem의 언덕.
                    수난의 땅, 묘지,
* 예수 부활 사건으로 말미암아 역사는 BC와 AD로 두 동강 났다.

아무리

아무리 긴 밤이라도
고독만큼 길겠습니까.

아무리 어두운 동굴이라도
고독만큼 어둡겠습니까.

아무리 추운 벌판이라도
고독만큼 춥겠습니까.

아무리 지독한 고문이라도
고독만큼 아프겠습니까.

이 심연에서 구해 주실 분은
오직 주님 당신뿐이랍니다.

에바다

아우성 가득한 세상
온갖 잡소리에 귀가 멀어
아무것도 듣지 못합니다.

별들의 속삭임
쏟아지는 달빛의 환호
대양(大洋)의 교향악
바람의 심포니.

대지 적시는 빗소리
계곡에 흐르는 물소리
산새들의 사랑 속삭임
창밖에 쌓이는 눈의 허밍

조물주여!
인간들이 듣지 못하는 소리가
어디 한둘이겠습니까?
저 대자연의 합창 들을 수 있도록
저에게 에바다를 명하여 주소서.

* 허밍 (humming) : 입을 다물고 소리를 코로 내면서 노래를 부르는 창법(唱法).
* 에바다 (Ephphatha) : "열리다" "열려라"라는 뜻의 아람어. (막 7:34)

사랑은

사랑은
피부로 느끼는 온기.
맹인의 눈으로 보는 영상
청각 장애우도 듣는 세미한 소리.

사랑은
세상 모든 괴로움
사라지게 하는 묘약.
절망을 희망으로 바꾸는 바람.

사랑은
멋진 춤사위.
기분 좋은 음률.
영원히 솟는 도래샘.
사망을 생명으로 바꾸는 생기.

* 도래샘 : 빙 돌아서 흐르는 샘물.

고개 숙인 버드나무

버드나무야, 버드나무야.
엄동설한 홀로 지새며
가지런히 땋은 머릿결
다소곳이 고개 숙였구나.

허리에 수건 두르시고
뱃사람들 발 씻어주신
온유하신 예수님처럼
겸손히 무릎 꿇었구나.

별들의 노랫소리 들으며
영롱한 새벽이슬 모아
주님 발 닦아드리려고
살포시 머리 풀었구나

물가에 심긴 버드나무야
풀피리 불어 닐~리리야
할렐루야 힘찬 찬송으로
노도 광풍 모두 이기리로다.

후렴 : 풀피리 불어 닐~리리야 / 할렐루야 힘찬 찬송으로
　　　　노도 광풍 모두 이기리. / 물가에 심긴 버드나무야

* 버드나무 : 버드나뭇과의 낙엽 활엽 교목으로 주로 개울가에 많이 나는데,
　　　　　　키는 8-10m이고, 가늘고 긴 가지가 축 늘어짐. 어릴 적에 가지를
　　　　　　꺾어 풀피리를 만들어 불었다. (수양버들)

나는 해바라기

오! 주님! 당신은
저 높은 하늘의 태양
아무리 고개를 쳐들어도
오 척 단신 어쩔 수 없어
오직 당신만 해바라기합니다.

동녘에 여명 비칠 때부터
더위가 기승인 한낮과
땅거미 내려앉을 때까지
따스한 그 사랑의 온기
오매불망 당신만 바라봅니다.

둥근 얼굴 하나로
당신 혜안(惠顔) 바라볼 때만
믿음, 소망, 사랑, 열매를 맺고
내 영혼의 기쁨 충만하기에
당신만 기리는 해 바라기랍니다.

후렴.
동녘에 여명 비칠 때부터
더위가 기승인 한낮과
땅거미 내려앉을 때까지...

* 해바라기(1) : 국화과의 풀. 높이는 2m 정도이며
　　　　　　여름에 선황색의 큰 꽃이 핌. 규화(葵花).
* 해―바라기(2) : 추울 때 양지바른 곳에 나와 햇볕을 쬐는 일.

가을 기도

추수 끝난 들녘
허수아비도 고뿔을 앓고

된서리에 잎새도 서러운데
동구 밖 장성이 따라서 운다.

산 자드락 초목들
나신(裸身)이라 외롭고

벙거지 쓴 백발 시인(詩人)
우수에 젖어 오솔길 걷는다.

가을 귀 열어 놓고
가을 기도 올리며

* 산자드락 : 산자락의 시적 표현.
* 잎새 : '잎사귀'의 방언.
* 가을 귀 : 가을의 예민한 소리를 들어내는 섬세한 귀를 비유함.
* 가을 기도 : 가을에 하는 맑고 경건한 기도.

나는 거지입니다

집 없이 다리 밑에 사는 것도
노닥노닥 기운 넝마를 입는 것도
깡통 하나에 온갖 음식 담아 먹는
그런 처량한 신세는 아닙니다.
하지만 나는 거지입니다.

사지도 멀쩡하고
자식도 서넛이나 되며
생활도 큰 걱정 없는 터여서
거지인 줄 모르고 살았습니다.
그러나 나는 진짜 거지입니다.

눈 한 번 뜨고 감는 것
손가락 하나 움직이는 것
숨 한번 쉬는 것조차도
항상 당신께 구걸해야만 하는
거지 중의 상거지입니다.

주여! 당신의 보좌 앞에
무릎 꿇고 엎드려 비오니
제발! 하늘 만나로 허기 채워 주시고
이 타는 가슴 생수로 추겨 주소서.
하늘의 하나님, 나의 당신이여!

마지막 기도

심한 당뇨병으로
고생하시는 선배에게
병문안을 갔더니
"나 저기 갔다 왔어" 하면서
두 눈에 눈물을 글썽인다.

인생 80이면 많이 살았지!
병원에 가 보니까
사람 목숨 그거 하찮은 거더라.
돈 있는 사람은 살고
돈 없으면 죽는 거라며 한숨이다.

내사 모아 놓은 재물도 없고
그렇다고 자식들 도움
받을 처지도 아닌데
병들면 속절없다는 생각에
가슴이 먹먹하도록 아리다.

오늘부터라도
내가 60여 년 넘게 섬겨온
우리 야훼 하나님께
사는 날 동안 건강하다가
자는 잠에 가도록 빌어야겠다.

그 나라 임하게 하소서

권모술수가 판을 치고
부정과 부패가 입 맞추며
거짓과 가식이 어깨동무하는
그런 세상 나라 말고
의와 진리가 공생공존하는
그런 나라 임하기를 고대합니다.

포악과 폭정이 소용돌이치고
허탈과 탄식이 해일처럼
회오리치는 그런 나라도 말고
한숨도 고통도 눈물도 없는
그 나라 도래하기를 기도합니다.

가진 자들의 오만과 횡포
비리와 편법이 횡행하는
진흙탕 같은 나라도 말고
믿음과 소망과 사랑이
바다처럼 넘실대는
그런 나라 임하기를 소망합니다.

오! 나의 주,
평화의 왕이시여!
그 나라 임하게 하소서.

갈대 인생

샛강에 뿌리내리고 오순도순 모여 살면서
고라니 잠자리 되어 주던 묵은 갈대숲 사이로
봄비 맞아 고고의 함성도 없이 새순 돋아나고
사명 다한 핏기 마른 늙은 갈대는
밭은기침 콜록거리며 몸져 누웠다.

글썽이던 잎들은 빗물에 녹아들고
대를 이어 근본 지키는 뿌리의 자존을 통해
수관(水管) 타고 올라 후대의 젊음 더하지만
이름도 없이 빛도 없이 사라질 운명인데
얄랑이는 피라미 있어 외롭지 않아라.

바람 불면 부는 대로 물결치면 치는 대로
이리저리 흔들리는 지조(志操) 없는 갈대라고
시류(時流) 따라 변한다고 손가락질도 받지만
어쩌면 그것이 갈대가 사는 방법인 것을
그래도 외유내강(外柔內剛)의 생각하는 갈대랍니다.

---

* 갈대는 지조 없이 외부의 자극에 쉽게 마음을 바꾸는 인간을 비유하기도 하지만,
  다른 풀들과 달라 쉽게 부러지지 않는다는 특성이 강조되어 외유내강의 인간성
  으로 비유하기도 한다.

방두깨 인생

양지바른 골목 어귀
몰려나온 코흘리개들
신랑·각시 소꿉장난에
정신 줄을 놓았다.

처마 끝 굴뚝에서
뽀얀 연기 피어나고
서산 해 뉘엿뉘엿
노을 곱게 물들일 때면

개똥아! 밥 먹어라!
정겨운 엄마 목소리
알뜰한 세간 팽개치고
쪼르르 달려가는 조무래기들.

지팡이 짚은 지친 구름
정처 없어 서러운데
하늘에서 뉘 부르시면
손들고 가야 할 방두깨 인생!

* 방두깨 : 소꿉질, 또는 다정하게.
* 세간 : 살림에 쓰는 가장집물.
* 뉘 : '누구'의 준말.

104

소리 인생

처음 천지가 조성될 때
"참 좋았더라."는 소리도
신랑 신부의 소리도 들렸는데
어찌하여 살상의 소리,
저주의 소리뿐이란 말인가.

처음 것들 다 지나가고
새 하늘과 새 땅 열릴 때
지면엔 꽃이 향기를 토하고
온누리에 퍼지는 흥에 겨운 소리
젖과 꿀 흐르는 세상 오기를 기원해 본다.

우렁쉥이 인생

온갖 현대 문명 다 누리면서도
삶이 지옥이라는 넋두리에
시간을 죽이려는 꺼벙이들.

만삭의 배 끌어안고
맛집 찾아 동서남북
찻잔에 수다 채우는 팔불출.

가고 안 오는 금쪽같은 세월인데
모둠 살이 뒷전하고
하여가 부르는 우렁쉥이.

금쪽 시간 다 잡아먹고
죽일 것이 어디 없어
세월까지 죽이는 무뇌아(無腦兒).

* 모둠 살이 : "모둠"이란 소그룹을 말하고, "살이"는 자타를 살리는 삶을 의미함.
* 하여가(何如歌) : 이방원(李芳遠)이 정몽주(鄭夢周)를 회유하기 위하여 지은 시.
* 무뇌아(無腦兒) : 뇌가 없는 선천성 기형아.

항해하는 인생

고고의 울음 울면서
끝 모를 대양(大洋)에
독목선(獨木船) 하나 띄웠다.

무슨 일로 너울은
밤낮도 가리지 않고
뱃전을 두드리는가?

좌표도 등대도 없는
질퍽거리는 이 바다를
삿대에 의지하고 항해를 한다.

영원한 피안 바라보며
좌초 위험 불사하고
노 젓는 외로운 인생.

낙타 인생

온갖 고뇌의 등짐
올망졸망 꾸려지고
타박타박 걸어온 여정
광풍이라도 부는 날이면
조용히 두 눈 감고
두고 온 고향 하늘 그려 봅니다.

하늘 우러러 고개 높이 쳐들고
간절한 기원 올려보지만
끝없이 펼쳐진 모래 바다
달아오르는 열기에
밤마다 긴 한숨 쉬며
눈물로 별을 헤아립니다.

어쩌다 메르스 기주가 되었지만
거추장스러웠던 그 혹에서
아련한 추억 한 줌 꺼내어
야금야금 되새김질하며
하늘 향한 합장으로, 오늘도
황량한 이 모래벌판을 걷는답니다.

* 메르스 : 중동호흡기증후군.
* 기주(寄主) : 기생생물의 숙주(宿主)
* 낙타 : 우리 인생은 사막을 횡단하는 낙타와 같다.

익어가는 인생

춘삼월에는 봄바람 같고
오뉴월엔 질풍노도였는데
해거름이라 숨이 가쁘다.

아무리 뛰어 보고
별 용을 다 써 봐도
가는 세월 잡을 수가 없네.

우리 인생은 그래도
아무렇게나 던져진 것 아니라
보냄을 받은 존재인데

나를 보내신
그분 앞에 설 때
알짬이기를 빌어야겠다.

* 해거름 : 해가 서쪽으로 질 무렵. 또는 그런 때(노년기).
* 알짬 : 여럿 가운데 가장 중요한 부분.

만남의 신비

이끼 낀 70여 년
옷고름 매고 푼 세월
그루잠 자다 깨어 보니
인생 황혼에 다다랐네. 그려.

영원한 탯줄에 달려
굽이굽이 열두 굽이
수많은 만남 그 후에 또
신비로운 만남이 있다네.

좁은 개어귀 통과하면
더 넓은 바다가 있듯이
좁디좁은 죽음의 문(死門) 지나면
영원한 대양이 있음을 믿는다네.

* 그루잠 : 깨었다가 다시 드는 잠
* 개어귀 : 냇물이나 강물이 바다로 들어가는 어귀

돌 하나 입에 물고

철 따라 오고 가는 철새인데
굽이마다 도사린 블랙홀들
사막을 지나 오대양 넘실대도
믿음 하나 물고 가는 철새 인생.

가시밭길 험하고 독수리 도사리는
트로스 준령 태산이라도
하늘 고향 바라보며
소망 하나 물고 나는 기러기 인생.

인생의 고뇌 총담 같아도
그리움의 샘물 깊고 깊어도
고독이 비록 소태 같아도
사랑 하나 물고 걷는 나그네 인생.

* 트로스 : 지중해 연안의 산맥인데 독수리들이 길 몫에 숨었다가 산맥을
          넘는 기러기들을 잡아먹지만, 노련한 기러기는 입에 돌을 하나
          물고 소리 없이 날아 생명을 지킨다는 것이다.
* 총담 : 말총으로 두껍게 짜서 아주 검은요.
* 소태 : '소태나무'의 준말. 소태나무는 맛이 몹시 쓰다.

무수리 연정

해님 도령 달님 찾아 서산으로 기울고
한적한 시골 마을 초가삼간에
어슷어슷 어둠이 깊어지면
납덩이처럼 적막이 내려앉는다.

멀대 같은 무수리 몸뚱어리
키다리 내시가 받쳐주지만
간택 받지 못한 서러움에
속심지만 태우는 무수리 눈물.

타는 속 몰라주는 임
야속하기만 한데
닦을 길 없는 눈물
대야에 차고 넘쳐 농(膿)으로 엉기고

임의 얼굴 보고픈 일심(一心)에
어둠 쫓으려는 애련한 싸움
사랑 고백 한 번 하지 못한 채
밤새워 봉화만 올리는 무수리 연정.

* 무수리 : 왕조 때, 대궐에서 세숫물 시중을 들던 여자 종. 여기선 촛불을 일컬음.
* 내시 : 환관(宦官) 내관. 불알이 없는 사내를 말하는데 여기선 촛대를 말함.

인생 칠고(人生 七苦)

평생 한 번도 가기 싫은 병원
어쩔 수 없어 찾는 날이면
문전성시에 걱정들이 태산이다.

별의별 환자가 다 있지만
사지가 아픈 사람보다
마음 아픈 사람이 더 많은가 보다.

서로가 얽히고설켜
누구누구의 사랑일 터인데
찢어지는 앙가슴 어떻게 추스른담.

시루떡처럼 켜켜이 쌓인
희로애락애오욕 세상인데
인술(仁術)은 어디 가고 전(錢)의 세상인가.

눈물도 한숨도 고통도
이별도 죽음도 없는 세상
어서 속히 왔으면 좋겠다.

* 희로애락애오욕 : 인생의 일곱 가지 고통인 喜怒哀樂愛惡慾을 말한다.

광야의 싯딤나무

물이 없어서가 아닙니다.
사람이 살지 않아서도 아닙니다.
참사랑 찾을 길 없어
세상은 온통 광야랍니다.

이 삭막한 광야 한 모퉁이에
외롭게 선 싯딤나무
하늘 이슬 먹으며
살아온 세월이 서럽습니다.

야훼 모실 법궤를 열망하며
타는 목 땀방울로 축이고
앙칼진 가시로 자신을 찌르면서
모진 생명줄 이어가는 광야의 싯딤나무.

* 싯딤나무(acacia)는 "조각목"이라고도 하며, 조직이 단단하여 법궤를 만들었다.

망각의 그물

바람은 촘촘한 그물에도 걸리지 않는데
그대 향한 그리움은 왜
망각의 그물 빠져나가지 못하고
바르르 떨며 신음하고 있는가.

물은 체로 걸러도 빠져나가는데
쓰라린 옛 추억들은
왜 빠져나가지 못하고
허무의 알갱이들만 쌓이는가.

우수에 젖어 재킷 깃 세운 내게
조용히 다가온 바람의 속삭임
너만 외로운 게 아니야,
강 저편에도 그런 사람 있다고 하네.

얄궂은 해후(邂逅)

새벽을 깨우며 산책길에 나서
한적한 호숫가 벤치에 앉으니
내연산 등마루 용트림하고
잔잔한 호수에 은물결이 인다.

갈 길 바쁜 달님 신부
해님 만나고 가려고 미적대는데
심심한 바람 솔가지를 흔들며
빨리 가라고 손짓을 하네.

해님이 달님에게 붉은 미소 보내고
까막까치 나무꼭대기 오가며
두 연인의 얄궂은 해후(邂逅)를
깍깍 우짖으며 축하 쇼를 하네.

인간성 회복

무슨 놈의 세상이
사람은 개 같아지고
개는 사람 같아지는가?
개인지 사람인지 현기증이다.

사과 같은 배
참외 같은 수박
배추 같은 무
갈피 못 잡아 어지럼이다.

저마다 종(種)이 다르듯
개는 개다워야 하고
소는 소다워야 하듯이
사람은 사람다워야 한다.

하늘과 땅을 오가신 예수여.
당신만이 인간의 모델입니다.
당신 닮는 인간성 회복이
인류가 살길임을 알게 하소서.

추억

그땐 봄밤의 꿈이거니 했습니다.
어쩌다가 어깨가 스친 거고
스쳐 가는 바람이라 여겼습니다.

그런데, 그게
눈을 감아도 샛별처럼
반짝이는 별이 될 줄 몰랐습니다.

뿌리 깊은 샘처럼
마르지 않는 우물이 되고
반짝이는 보석이 될 줄 몰랐습니다.

그 어떤 심연(深淵)보다 깊고,
그 어떤 비경(祕境)보다 아름다운
과거로 가는 타임머신이라는 걸 몰랐습니다.

별사탕처럼 달콤하고
꺼지지 않는 등불이라는 걸
초승달 진 후 밤이 되어서야 알았습니다.

당신은 행복한 사람

주저앉을 만큼의 좌절
피 토할 만큼의 배신
애가 끊어지는 비애를
겪어보지 않았다면
당신은 행복한 사람입니다.

관을 준비할 만큼
살 소망까지 끊기고
음침한 사망의 골짜기
지나지 않는다면
당신은 행복한 사람입니다.

어두운 밤일수록
아래만 보지 말고
총총한 별을 보세요.
이 세상에 단 하나뿐인
당신은 최고의 걸작품이랍니다.

길을 묻는 당신에게

내게 인생길을 묻지 마라.
늙은 나도 지척(咫尺)을 모르는
생소한 길을 가고 있기 때문이다.

도인에게도 길을 묻지 마라.
그가 걸어가는 길과
네가 가는 길이 다르기 때문이다.

사자(死者)에게도 길을 묻지 마라.
묘지에 누운 자는 말이 없고
묘비문(墓碑文)에는 후회뿐이더라.

사람은 누구나 미답(未踏)의 개척자
지팡이에 의지하는 장님처럼
조금씩 더듬어 나가는 순례자니라.

행여 길을 물으려거든
무덤이 없는 이에게 가라.
그분이 길이요 진리요 생명이니라.

여보게! 벗님네야!

세월은 하수상(何殊常)하고
코로나의 밤은 깊은데
벗님은 지금 어떻게 지내시는가?

어둠이 절망처럼 내려앉을 땐
마당에 멍석 깔고 놀던 시절처럼
저 하늘 별들을 세어나 보세그려.

지친 어깨 활짝 펴고 하늘 우러러
어제나 오늘이나 변함없는
저 붙박이별이나 찾아보세그려.

밤이 깊으면 새벽이 온다고,
태양은 기필코 다시 뜬다는
모르스 신호를 보내고 있지 않은가!

내일은 저 수평선을 뚫고
올망졸망 산봉우리 헤치고
찬란한 태양이 떠오를걸세.

이보게 벗님네야!
그날이 오그덜랑
얼싸안고 벅구춤을 추어보세그려!

반달 돛단배 은하수에 띄워 놓고
켜켜이 쌓인 시루떡 회포나 풀어보세.
사랑하는 벗님네야. 그리운 벗님네야!

* 하수상(何殊常) : 보통 때와는 달리 뒤숭숭함을 말함.
* 붙박이별 : 북극성의 우리 말. (이 별은 위치가 변하지 않아서 붙박이 별이라고 함)
* 60여 년을 함께 해온 벗님네는 이승인지 저승인지도 모르고 요양원에 있답니다.

도투마리에 감긴 세월

한더위 핑계로 두어 달 만에
앞산 마루 산책길에 나서니
소슬바람 나뭇가지 흔들고
억새꽃 살랑살랑 가을을 노래하네.

오뉴월 땡볕에 모진 가뭄 이기고
어렵사리 꽃 피운 지 어제 같은데
밤송이도 어느새 토실토실 벙글고
이름 모를 잡초들 씨방이 봉긋하다.

싸리꽃은 립스틱 짙게 바르고
모가지 길게 빼고 임 기다리는데
하릴없는 뜬구름 무정세월 노래하니
도투마리에 감긴 세월 서럽기만 하여라.

* 벙글다 : "소리 없이 벌어지는", "함초롬히 피어나는" 등의 뜻을 가진다.
* 도투마리 : 베를 짤 때 날실을 감는 틀.

만족(滿足)이란 것

돌을 들추고 물속을 헤매며
구름 속까지 뒤져보지만
가까이 가보면 신기루랍니다.

금맥 찾아 발병 나고
색정(色情) 찾아 눈이 붉고
명예를 잡겠다고 발버둥쳐도
손닿으면 사라지는 뜬구름이랍니다.

족한 줄 모르는 거머리
허무의 심연만 깊을 뿐
밑 없는 항아리랍니다.

오직
자족(自足)하는 것만이
행복의 지름길이랍니다.

* 시작 노트 : 이 세상에 만족이란 것은 없다. (잠언 30:15-16)(빌4:11)

수건 쓴 여자

한적한 길가에서 허리 굽은 할머니가
애절하게 차를 세운다.
자세히 보니 이웃 할머니다.
어디 다녀오시느냐 물었더니
팔이 아파 침 맞고 오는 길이란다.

중식 후 들에 나갔더니
그 할머니가 머리에 수건 쓰고
땀 흘리며 밭을 매고 있다.
한 걸음 전진에 백 번의 호미질
베잠방 다 젖도록 김을 매어도

풀들은 "수건 쓴 여자 지나갔다.
고개 들자고 한다"는데
몸인들 온전할 리 있을까 마는
밤새워 방구석 헤매며 앓다가
내일 또 의원 찾아 침이나 맞겠지...

말(言)

말(言)은 말(馬)이다.
발 없는 말 천 리를 가고
귀 없는 소문 만 리를 간다.

말(言)은 세우(細雨)다.
눈에도 잘 보이지 않지만
자기도 모르게 온몸이 젖는다.

말(言)은 검(劍)이다.
칼집 속에 있지 않으면
언젠가는 패가망신하리라.

말(言)은 불(火)이다.
혀를 관리하지 않으면
자기와 이웃을 태우고 말리라.

누에만큼이나 바지런한 몸짓으로
내면의 한 풀어내 보지만
올무가 되어 자기를 옥죌 뿐이리.

말과 글

사람도 아니면서 숨을 쉬고
먹거리도 아닌데 맛을 지녔으며
오색찬란한 색동옷 입은 무지개.

도포를 입었다가 넝마도 걸치고
갓을 썼다가 벙거지를 쓰며
천년만년을 사는 변검술사.

날개도 없이 하늘을 날고
선사시대를 넘나드는
용이 되지 못한 이무기.

빙하를 녹이고 살을 에는 삭풍
은하수에 오작교를 놓고
달나라에 집을 짓는 괴상한 목수.

종이를 갉아 먹는 수시렁이.
사람을 죽이고 살리는
신통력을 지닌 도사(道士).

사랑의 메신저, 저승의 사자.
천당과 지옥을 오가며
신출귀몰하는 요물(妖物).

* 변검술사 : 가면을 빠르게 바꾸어 쓰는 기술을 가진 사람.
* 이무기 : 용이 되지 못하고 물속에 산다는 큰 구렁이. 대망(大?).
* 수시렁이 : 수시렁잇과의 딱정벌레. 건어물·누에고치·곡물·종이 등의 수시렁 좀.

나는 바람둥이

내 나이 희수(喜壽)인데
지난 몇 년 동안 서너 번이나 임을 바꿨습니다.

언제나 내 품을 떠나지 못하는 임.
내 허락 없이는 절대로
타인에게 문을 열지 않는 임.
내 몸짓 하나로 나에게만
모든 것을 허락하는 임을 두고
또 호시탐탐 임 바꿀 기회를 노린답니다.

나이 들어도 유행에 뒤진다는 이유로
신식 여인을 자꾸만 곁눈질한답니다.

모르는 것이 없는 그 임
알고 싶은 것을 꼭꼭 짚어 주고
정확하게 시간을 일러주어
한 번도 약속을 어긴 적 없는 임.
함께 게임도 하며 놀아 주고
길도 안내해 주는 그 임을 두고 말입니다.

얼굴이 크고 훤한 임.
좀 더 눈이 밝은 임,
유연한 몸매를 가진 임.
더 많은 것을 기억하여 큰 기쁨 줄 여인
한 번 사귄 임 2년을 못 넘겨도
임 없이는 하루도 못사는 나는
아마도 세기의 바람둥이일 겁니다.

(＊ 그 임은 바로 휴대폰입니다.)

127

살 만큼 살았는데

어느덧 희수(喜壽)도 지났으니
살 만큼 살았고
줄 만큼 주고, 받을 만큼 받았다.

사랑도 증오도 할 만큼 했으며
울고 웃는 것도 서로 비겨
여한도 후회도 미련도 없다.

신께서 날 부르시는 날
저 나라로 가벼이 떠나도 좋으련만
남은 미련 왜 그리도 많을까?

아직 풀지 못한 것 없는지!
줄 사랑에 빚은 없는지!
조용히 자신을 성찰할 때다.

* 희수(喜壽) : 나이 일흔일곱을 일컫는 말.

어쩌면 좋을꼬 (팔순에 부쳐)

동녘의 서기(瑞氣) 보듬고
요람에서 두 팔 쳐들어
힘차게 만세 불렀던 시절도 꿈같고

붉은 꽃잎 활짝 피웠던
정열의 시절이 어저께 같은데
어느덧 머리엔 단풍이 들었네그려.

인생칠십고래희(人生七十古來稀)인데
강산이 여덟 번이나 변했으니
쏜 화살 같은 세월이로구나.

남들은 듣기 좋으라고
"아직 청춘이십니다."라고 하지만
약은 간식이고 병은 동거인(同居人)이라

아마도 우리 아버지
날 오라고 손짓하시나 본데
아직 철도 덜 들었으니 어쩌면 좋을꼬.

욕심

너는 천지개벽 후
단 한 번이라도
배부른 적이 있었더냐?

자족할 줄 모르고
다고, 다고 하는
거머리 딸들이구나. (잠30:15)

밑 빠진 독
만족을 모르는 불
버뮤다(Bermuda) 삼각지로다.

아무나 삼켜 버리는
허기진 바랑 망태기
입 벌린 무저갱이로구나.

* 바랑 : 승려가 등에 지고 다니며 물건을 담는 자루 같은 주머니.

물이고 싶다

순결한 입자로
천길만길 떨어져
산산이 부서지고 깨져도
도도한 강물 이루는
영롱한 생기이고 싶다.

미루나무 꼭대기에
생명 실어다 주고
더러움을 씻으려
창자 속도 마다치 않는
비움의 혼이고 싶다.

차가운 결정체였다가도
하늘 기운에 너울너울
우아한 날갯짓으로
저 높은 하늘 향하는
해맑은 영혼이고 싶다.

* 사람은 하늘의 보냄을 받아 세상에 와서 강물 줄기처럼 생을 이어가는 것이다.
  생명 살리는 일이 곧 인간의 사명이다. 그리고 세상을 떠날 때 빈손이 된다.

바다이고 싶다

아무리 보고 또 보아도
싫지 않은 바다이고 싶다.
하늘과의 한계를 알고
나설 때와 물러설 때를 알며
모든 것 품어주는 바다이고 싶다.

강물이 아무리 흘러들어도
모두 받아 주는 포용력
그러고도 변치 않는 바다
아무리 갈라놓으려 해도
하나 되는 푸른 바다이고 싶다.

아귀다툼하는
밴댕이 속 같은 세상
사랑이 무엇인가를, 그리고
어떻게 하는 것인가를 알려주고
하늘도 감싸는 넓은 바다이고 싶다.

나무이고 싶다

고독의 짙은 그림자 드리운 채
타박타박 외로운 나그네 길.
40여 년의 고달픈 여정 벗어나
물 맑고 빛 고운 청하에 뿌리내렸다.

나 이제 한 그루 나무이고 싶다.
두 손 두 팔 하늘 향하여 쳐들고
오관은 살랑살랑 바람 일구어
맘껏 몸 흔들며 노래하는 나무이고 싶다.

카멜레온 같은 배신 변절 야합거처
하루에도 열두 번씩 안색 바꿔도
푸르고 푸른 사랑 고이 지닌 채
생명 다하도록 서 있는 나무이고 싶다.

낮에는 숨 막히는 공해 빨아들이고
밤에는 시(詩)란 산소(酸素) 뿜어내며
언젠가 동지들 만나 숲 이루어
이 세상 정화해 나가는 나무이고 싶다.

집 나간 아이를 찾습니다

집 나간 아이를 찾습니다.
서너 살 정도로 보일 수 있지만
나무랄 데 없이 순진한 아이입니다.

단정하게 흰옷을 차려입었고
"정정"이라고 새겨진 모자를 썼으며
"당당"이라는 신발을 신었습니다.

"진리"라는 글자가 또렷한 셔츠와
"良"자와 "心"자가 새겨진 명패가 있지만
아마도 잘 보이지 않을 겁니다.

학교엘 가보아도, 놀이터엘 가보아도
깊은 산골짝 사찰에 가보아도
번화가 골목길, 교회당에도 없습니다.

정치라는 친구 집에도 없고
경제라는 친구 집에도 없으며
교육, 문화라는 친구 집에도 없습니다.

이 아이가 실종되고부터는
권모(權謀)라는 아이가 대장 노릇을 하고
술수(術數)라는 부하들은 눈뜬장님입니다.

그러고 보니 갑질이 판을 치고
뇌물이 노루처럼 뛰어다니며
모호(模糊)가 안개처럼 피어오릅니다.

개구리 소년들 사라지듯
정의, 평화, 인애, 진실, 사랑이
감쪽같아 온통 어둠뿐입니다.

이 아이가 사라진 사회는
썩은 냄새로 숨 막힐 지경이니
이 아이 좀 찾아주세요. 제발요.

시와의 씨름

돋보기안경 콧등에 걸치고
바보 틀 앞에 앉아
마우스 부여잡고 씨름을 한다.

밀었다간 당기고
당겼다간 밀어도
시어(詩語)하나 못 건지고 한판패다.

이리 궁리 저리 궁리
들어도 보고 흔들어 봐도
시상(詩想) 하나 얻지 못하고
머리만 지근지근 오늘은 무승부.

굳을 대로 굳은 좌우 뇌(腦)
기억상실증과 건망증과의 싸움인데
전광석화 같은 업어치기 한판
절차탁마로 필승의 날 기다려 본다.

시를 빚는다

말과 글을 체로 쳐서
시어를 골라내고
현재란 떡 시루에 안친 다음
명상의 번을 발라
헛김을 방지하고
사랑의 불 지펴 시를 찐다.

고독이란 고두밥
고슬고슬 쪄내고
추억 깃든 누룩 넣어
골고루 섞은 다음
그리움이란 옹기에 담아 놓고
한 사흘 조용히 기다려 본다.

적당히 숙성이 되어
보글보글 시향 기어오를 때
교정의 용수를 깊이 찔러
마알~간 시 국자로 퍼 와
시상(詩想)의 샘물로 간을 맞추니
맑은 향기(香氣) 그윽한 시가 된다네.

시인(詩人)

오감에 전해지는
세미한 바람에도
전율하는 외로운 순례자.

지팡이에 의지하고
발길 닫는 대로 걷는
귀먹고 눈먼 외로운 나그네.

촉수 길게 빼고
미지의 세계 더듬는
사랑에 미친 바람둥이 달팽이.

갈대처럼 고독한 방랑자
무에서 유를 창조하는 선구자
달나라에 집을 짓는 건축예술가.

개망초 설움

대한 제국이 멸망할 즈음
들판을 가득 메운 이상한 잡초
그래서 그 이름 망초(亡草)라 한
그 망초 닮았다 하여
개망초라 불렀다지 아마.

아득한 고향 하늘 북미 대륙 떠나
태평양 건너와 뿌리내렸건만
넓은잎잔풀이라는 좋은 이름 두고
망초(亡草)에 개(犬)자 덧붙여
가짜 망초라니 이름도 민망하네.

오뉴월 염천에 가뭄까지 이겨내고
수많은 꽃피워 가슴팍 열었건만
바다 저편 계신 님 찾아오실 기약도 없고
행여나 님 소식 들을까 하여
공중선 접시 활짝 펴놓은 개망초 설움.

* 개망초 : 국화과의 북아메리카 원산의 귀화식물이다. 넓은잎잔풀,
            망국초라고도 함.
* 접시공중선(空中線) : 전파를 송·수신하려 공중에 세우는 도선장치.
            접시 닮은 안테나.

공상(空想)

한적한 호숫가 정자에 좌정하고
두 눈 감고 명상에 잠기니
빨간 망막에 비치는 또렷한 영상
하얀 눈알에 까만 악동 하나
빗자루 타고 하늘을 난다.

백악기 끝날 무렵 익룡이 날고
돛단배 타고 은하수 여행
구름 용상에서 바람도 호령했는데
반세기도 더 지나 백발이 되었으니
유수 같은 세월 탓한들 무엇 하랴.

눈에 보이지도 않는 바람
만추의 구절초 향기 실어 오고
나무들은 저마다 손뼉을 치며
능선들도 파도쳐 품에 안기니
한 오백 년 노래가 절로 나오네.

* 백악기 : 약 1억 4천만 년 전부터 7천만 년 전까지로 지질(地質)시대
중생대(中生代)의 말기를 말한다.

기타리스트

여섯 개의
가느다란 줄 위에
열 개의 손가락이
신들린 듯 춤을 춘다.

한 마리 백조가
호수 위를 미끄러지듯
때로는 집시의 음률로
보헤미안의 정열로

연인들의 속삭임으로
무희들의 춤사위로
따스한 봄바람으로
쓰나미처럼 스쳐 간다.

고요한 내 맘속 호수에
그리움의 파문을 만들고
저 멀리 지평선 너머로
조용히 사라지는 환상의 멜로디.

* 집시 : 코카서스 인종. 쾌활하며 음악에 뛰어난 재능을 지닌 유랑 민족.
* 보헤미안 ; 체코 말. 방랑의, 자유 분망한, 인습에 얽매이지 않는 등의 뜻.
* 쓰나미 : 일본어. 갑자기 해안에 밀어닥쳐 육지를 침범하는 높은 물결. 해일(海溢).

낙타(2)

올망졸망 비상식량 짊어지고
야금야금 새김질하면서
세찬 모래바람 뚫고
오늘도 끝없는 황야를 걷습니다.

두 눈 껌뻑거리며
당신을 무등 태우려
골백번도 더 무릎 꿇어
약대 무릎이 되었답니다.

오! 나의 당신이여!
이 모래벌판 다 지나고
하늘 안식 얻기까지
나의 자그마한 물 샘이 되소서.

* 목말 : 아기를 목에 올려놓는 것을 "목말"이라 하는데, 그 방언이 "무등"이다.
* 약대 무릎 : 항상 무릎을 꿇어 주인을 태우느라 약대 무릎은 굳은살이 박였다.
* 물 샘 : 오아시스를 말한다.

담쟁이덩굴

조막손 벋어 36년
6.25란 돌담도 넘고
분단 벽 타고 올라
입에선 단내가 나고
숨이 턱에 닿았다.

아직도 넘어야 할 담
타고 올라야 할 벽
평정해야 할 골짝도 많은데
예기치 못한 북핵 폭풍인가.
제발 비둘기 날 창들아 열려라.

오대양 파도
육대주 바람 닥쳐도
5천 년 오르고 또 오른
지칠 줄 모르는 담쟁이
오로지 서광만 있으리라.

오죽헌(烏竹軒)

올곧은 기상 대지를 박차고
푸른 절개 천공을 뚫어
쪼개질망정 꺾이지 않는 혼으로
속까지 비웠으니 가상(嘉尙)도 하여라.

골백번 다시 죽어도
구불구불 살 수 없어
지조(志操) 지키려 오체 투기
오죽했으면 저리도 검게 탔을까.

오백 년 수상한 세월
애간장 다 태우면서도
몽룡실(夢龍室) 지켰으니
무심한 세월이 야속도 하여라.

* 오죽헌(烏竹軒) : 강릉에 있는 율곡(栗谷) 이이(李珥, 1584) 선생이 태어난 몽
룡실(夢龍室)이 있는 별당(보물 제165호). 우리나라에서 가장 오래된 주택 중의
하나다. 검은 대나무가 집을 둘러싸고 있어서 '오죽헌(烏竹軒)'이라 했다.

빨랫줄

이 기둥 저 기둥을 이어
바지저고리 양말 짝까지
이 빨래 저 빨래 걸어놓으면
바람 따라 너풀너풀
제멋에 겨워 춤을 춘다.

온종일 따가운 햇살에
곤하여 늘어질 때면
바지랑대 살며시 바쳐주고
빨래 걷힌 외로운 밤이면
바람 장단에 혼자 노래 부른다.

외로운 하늘 별들도
외줄에 살포시 내려앉아
옹기종기 수다를 떨다가
아침 햇살에 영롱한 구슬로
별똥별 되어 쪼르르 그네를 탄다.

주산지

물안개 뿌얀 산정(山頂)호수에
청명한 하늘을 담고
산천까지 담으니
흰 구름 나그네 고명을 얹네.

위가 하늘인가?
아래가 하늘인가?

불청객 낮달은 무슨 일로
왕버들 사이를 서성이는지
기러기도 줄지어 유영을 하네.

물속 용왕님 생일잔친가
살랑살랑 버들치 꼬리를 치고
덩달아 피라미도 하늘을 나네.

선풍기

대역 죄인도 아닌데
용수 씌워 옥살이시키더니
철 이른 훈풍이라도 불어오는 날이면
꼭지 잡고 끌어내어 부채질시킨다.

미풍(微風) 순풍(順風) 강풍(强風)
시원한 이 바람 어디서 오나
고갯짓 살랑살랑 애교를 떨다가
주인 잠들면 따라서 잠이 든다.

살가운 하늬바람 일궈
과욕으로 불타는 정열
식혀주려는 일편단심뿐인데
시한부 가석방(假釋放) 언제까지일까.

다시 건들바람 불어오면
용수 씌워 뒷방 구석 신세
서민의 시름 덜어주다
옥살이하는 바람개비의 일생.

* 용수 : 옛날 죄수의 얼굴을 보지 못하게 머리에 씌우는 둥근 통 같은 기구.

달구벌 굿거리

우리 옷 곱게 차려입고
쪽 비녀 단장에 외씨 버선발
우리 춤 달구벌 굿거리가
잔잔한 산정호수에
눈보라를 휘몰아온다.

천 년을 이어온 우리 춤사위
끊어지는 듯 이어지고
긴치마 살짝 추켜들며
어깨 한 번 들썩이니
살랑살랑 봄바람이 인다.

배수진(背水陣)의 춘향인가
하늘의 선녀인가
하늘거리는 춤사위는
한 마리 나비이어라.
이내 가슴에 파도가 거칠다.

* 이내 : '나의'의 힘줌말.
* 대한문인협회 가을 행사장에서 정연실 무용가의 우리 춤을 보고 쓰다.

라성(Los Angles)의 향수

천둥벌거숭이 민들레 홀씨
육대주 넘어 이역만리 날아와
밟히면 밟힐수록 납작 엎드려
코리아타운 꽃 피웠구나.

내 별 찾아 은하수 여행
달 속에 부모님 얼굴
삼시 세끼 눈물에 말아먹고
옛 놀던 고향 언덕 그리워했겠지.

텃밭 일구어 봉숭아 심고
우짖는 까치 소리 들릴 때마다
꿈에도 그리운 소꿉친구
고향 소식 오기를 기다렸겠지.

외로운 그림자 우수에 젖고
새벽을 깨운 인고의 세월
땀과 눈물 강물 이루어
그래서 오대양이 염수(塩水)로구나.

* 주 : 지난해 봄 라성(Los Angles)을 방문했을 때 써놓은 것인데 다듬어 올린다.

또 다른 만남

이끼 낀 80여 년
옷고름 매고 풀고
그루잠 자다 깨어 보니
서산을 넘는 해가 서럽다.

얄궂은 탯줄에 달려
굽이굽이 열두 굽이
얽히고설킨 만남 뒤에
또 다른 만남 그려본다.

비록 개어귀가 좁아도
그 너머 바다가 있듯이
깔딱 고개 넘고 나면
또 다른 대양이 있음을 나는 믿는다.

* 그루잠 : 깨었다가 다시 드는 잠.
* 얄궂은 탯줄 : 신의 섭리(燮理)에 의한 다스림.
* 개어귀 : 강물이나 냇물이 바다로 들어가는 어귀. 포구.
* 깔딱 고개 : 사람이 숨이 넘어가는 것.
* 대양 : 천상의 세계.

라스베이거스

사막 한가운데 기름진 초원
최고의 위락도시 라스베이거스
꺼지지 않는 찬란한 홍등(紅燈)에
동서양의 불나비들 다 모인다.

술과 여자와 돈에 미쳐
번쩍거리는 타임머신 앞에서
눈알이 빨갛도록 씨름하며
4차원 입국 비자 위해 정신 줄을 놓는다.

내일을 바라지만 내일이 없는
정신 이상자들의 발광
그 열정이면 못할 일 없을 텐데
라스베이거스는 미쳐가고 있다.

---

* 라스베이거스(Las Vegas) : 미국 Nevada 주의 도박으로 유명한 도시.

그랜드 캐년(Grand Canyon)

30여 명을 품은 대형 공룡이
기름진 초원이라는 모하비 사막을
싫은 기색 없이 어둠 뚫고 잘도 달린다.

나목(裸木)들은 생사기로에 섰고
머리에 눈을 인 고봉들 사이로
붉은 아침 해 돋으니 황홀이라.

그~년은 아직 시집도 안 가고
피부색이 어떻든 차별도 없이
잡노옴 잡여언들 다 불러 모은다.

접근금지 표시로 철조망 두르고
험상궂은 이빨 드러내 보이지만
치마폭 들고 속살 보려 환장들이다.

억겁의 세월 고스란히 지닌 채
공작 깃털 머리에 꽂은 인디언을
아직도 품고 산다니 일편단심이로구나.

나이아가라(Niagara)

미국과 캐나다 국경 이룬 나이아가라
아찔한 절벽을 타고 쏟아지는 폭포수
신선의 놀이터인 양 무지개가 피고
천지 공명의 경이로운 이 소리는
3만 개의 나팔 소리와도 같구나.

이 어찌 지상의 소리인가
차라리 천군의 나팔 소리요
천사들의 비파소리로다.
심장을 울리고 폐부를 찌르니
속세를 떠난 하늘의 교향곡이로다.

하늘로 치솟는 뽀얀 물안개에
흥겨운 갈매기도 유영하니
삼천궁녀 한 맺힌 춤사위로구나.
뉘라서 거역하며 뉘라서 마다하랴
아! 하늘 아래 둘도 없는 비경이로세.

날개가 없어 서러운 호랑이

다섯 자 방, 바보상자, 비대 구멍으로
세상 들여다 보는 것 진절머리가 난다.
얽맨 모든 사슬 끊어 버리고
어디론가 훨훨 날아가고 싶다.

무주구천동이면 어떻고
삼수갑산(三水甲山)이면 어떠하랴.
백두대간 막다른 골짜기면 어떻고
땅끝마을 여늬 개어귀도 좋지 않은가.

중(仲)도 만나고 서(庶)도 만나고,
굴뚝새 친구하고 다람쥐와 점심 먹고
노루 사슴 어깨동무 너풀너풀 춤도 추고
귀신고래 만나면 얼마나 좋을까.

비가 오면 비를 맞고 눈이 오면 눈을 맞고
못나면 못난 대로 잘나면 잘난 대로
코쟁이도 만나고 깜둥이도 만나고
손짓 발짓이면 어떠리 이웃사촌인데.

멀어 봐야 지구촌이요
넓어 봐야 오대양 육대주
날틀 타고 10시간이면 족한데
날개 없는 호랑이 서럽기만 하여라.

* 황우가 호랑이띠다.
* 비대 구멍 : 좁디좁은 구멍.
* 개어귀 : 냇물이나 강이 바다로 들어가는 어귀. 포구. (갯어귀)

장미 부부

우린 그토록 사랑했건만
찌르고 찔린 상처마다
선혈 자국 선명한
색깔 다른 장미 부부.

밤 새소리 들으며
가시 돋친 설전
허구한 침묵의 나날
평행선 달려온 날들.

외로움을 배태하고
고독을 분만하여도
알아주는 이 없지만
새벽이슬에 생기를 얻는다.

좌절을 딛고 절망을 넘어
담벼락 기어오른 50여 년
메아리 없는 절규뿐
찬란한 내일을 꿈꾸는 장미 부부.

* 시작 노트 : 우리 부부가 함께한 세월이 60여 년이 되어간다. 살아온
발자국 뒤돌아보면, 애증의 계곡이 구불구불하다. 우리는 색깔이 서로 다
른 장미 부부인가 한다.

155

여보! 제발 우리 집에 가자

오십 년이나 지지고 볶으며 살아온 아내가
지주막하출혈로 쓰러져
꼼짝없이 중환자실에 누워있답니다.

남편이지만 손이나 한번 잡아 줄 뿐
이러지도 저러지도 못하고
곁에 있지도 못하니 회한의 눈물만 흐릅니다.

지난날 다정히 보듬어 주지 못해서
미안하다고, 고마웠다고, 소리쳐 봐도
아무 반응이 없으니 어쩌면 좋을지 모르겠네요.

여보! 당신이 없으면 난 아무것도 못 하겠더라.
당신이 만들어 놓은 반찬 다 먹으면
당신 손맛 그리울 텐데 나 어쩌라고!

오늘 당신 가방을 뒤져봤더니
일천번제 헌금 660회가 담겨있더라.
하나님께 서원했으니 남은 340회 다 드려야지.

당신이 나 몰래 차고 있던 딴 주머니에도
아직 돈이 조금 남아있더군!
이왕 가더라도 우리 이것 다 쓰고 가자.

당신을 위해 지은 "하닷사룸"에 돌아오면
날마다 따끈따끈하게 불 지펴 주고
내가 나인도 되고 무수리도 되어 줄게.

아무리 생각해도 나 당신 없이는 안 되겠어.
일어나! 착한 내 비둘기야! 우리 집에 가자.
사랑하는 나의 하닷사! 제발 힘을 내줘!

오! 나의 주 나의 하나님.
당신의 여종 굽어살펴 주시옵소서.
오! 제발. 나의 당신이여!

* 우리가 결혼한 지 54년이 되었다.
* 하닷사 : 구약 에스더의 히브리 이름인데, 연애할 때 애칭이었다.
* 하닷사룸 : 아내를 위해 손수 황토방을 짓고 "하닷사룸"이라고 명했다.

중환자실의 아내에게

중환자실에 아내가 힘없이 누워 있다.
전과 달리 목에서 가래도 끓는다.
아내를 보자마자 눈물이 쏟아진다.

여보! 자꾸만 아파서 어떻게 해!
당신 건강 챙겨주지 못해서 미안해!

우리 그동안 여행 많이 다녔고
사진을 많이도 찍었더라.
당신에게 보여주려고 그 많은 사진 들춰서
고르고 골라왔는데,
이렇게 아프니 못 보여 주잖아!

구미 복지회관에서 찍은 사진 당신 참 예쁘더라.
복지회관에서 당신 참 고생 많이 시켰는데.
그런 중에도 당신이 우리 4남매 잘 키워줘서 고마워!

그리고 우리가 결혼 후 54년이 되었는데,
자주 다투기도 했지만 나 행복했었어!
내가 당신 사랑하는 것 알지?
아내가 눈인사로 눈을 깜박이는데
아내의 두 눈에 눈물이 고인다.

여보! 비록 당신이 격리실에 있지만
당신은 절대로 혼자가 아니야!
내가 있고, 가족이 있잖아.
그리고 우리 뒤에 주님이 계시잖아!

나 끝까지 당신을 포기하지 않을 거야!
여보! 제발 당신도 힘을 내줘! 응!"

우렁각시!

비가 오나 눈이 오나 날이면 날마다
헤아릴 수 없는 수많은 세월
앞치마 사뿐히 두르고 조용히 나타나
오밀조밀 밥상 차려주던 우렁각시!

발이 부르텄나, 다리를 삐었나,
치매에 걸려 길을 잃었나.
아마도 아마도 몸살이 났겠지!
아무리 기다려도 오지 않는 우렁각시!

어둑한 동굴에서 한 사나흘 쉰 다음
아무 일 없었다는 듯 입가에 미소 머금고
사뿐히 돌아와 주면 오죽이나 좋을까?
기다려도 기다려도 오지 않는 우렁각시!

---

* 시작 노트 : 1년 365일, 하루도 빠짐없이 끼니마다 나타나 내 밥상을 차려주던 우렁각시. 그것도 결혼 60년을 바라보는 어느 날, 우렁각시는 나타나지 않았다. 지주막하출혈로 병원에서 8개월, 내가 집에서 돌본 지 1년 2개월, 그리고 또 요양병원으로 간 지도 3년이 넘었다. 이제 체념하려 해도 아직 체념이 안 되니 이를 어쩌면 좋을지 모르겠다.

제발 아프지 마오

아침에 일어나 보니 간밤에 비가 조금 왔나 보다.
아내가 어제부터 열이 나고 아팠기 때문에
궁금해서 간병사에게 전화를 했더니
오늘 새벽에도 또 열이 나고 토했단다.

아내는 병원에서 앓고 있는데
아침에 무시래기로 국을 끓여
밥을 꾸역꾸역 먹고 있는 내가 한심하다.

저렇게 쓰러져 있는 것도 서러운데
자꾸만 아프다니 가슴이 쓰려오지만
그냥 손 놓고 바라만 볼 뿐
다른 방법이 없으니 더 괴롭다.

일평생 별 어려움 없이 산 것에 대하여
하나님께 감사하지 못한 것이 한없이 부끄럽다.

"여보! 제발 더 아프지 마오!
당신이 아프면 당신보다 내가 더 아프단 말이야."

사랑하는 당신에게

철없던 시절
당신을 하닷사라고 부르며
연애하던 때가 어저께 같은데
육십여 년의 세월이 흘렀구려.

그동안 맘고생 많이 시켰고
상처도 많이 주었지만
내 사랑은 오직 당신뿐이라오.

나! 당신 무릎 베고 잠들 때
당신 손으로 내 눈 감겨주기를
빌고 빌었던 마지막 소원
연기처럼 사라졌으니 어쩌면 좋을꼬.

결혼 54주년의 자축

우리가 결혼한 지 54주년이 되는 날이다.

그런데 아내가 석 달이 넘도록
저러고 병원에 누워 있으니
생각할수록 가슴이 저려온다.

성역 40여 년 고난의 가시밭길도
눈물 골짜기도, 절망의 능선도
4남매 키우면서 잘 이겨왔는데,

이런 허무한 인생인 걸 왜 몰랐을까!
왜 좀 더 정답게 살지 못했을까!
새벽 기도 내내 눈물이 흐른다.

내 평생 안 해 봤지만
내일은 꽃 몇 송이 예쁜 다발 만들어
아내의 어눌한 손에 쥐여 주어야겠다.

아내의 보석함

사각사각 적막을 깨는 새벽 세 시
아련한 그리움에 사무쳐
아내의 보석함을 열었다.

서리서리 따리 튼 별들이
주인 잃어 서러워 운다.

내 눈에 들어온 그 별은
또르르 콧잔등 타고 흘러내려
찬란한 왕관이 되었다.

우리 임 만나는 날
그 머리에 씌워 주어야겠다.

기다림

기다릴 사람이 있다는 것은
참으로 다행한 일이지만
무작정 기다림은 고문입니다.

기별도 없는 외로움 찾아올 때면
나도 몰래 뒤돌아보는
야릇한 버릇 생겼습니다.

귀에 익은 음성 허공을 맴돌아
뇌리에 메아리칠 때면
오실지도 모른다는 망상입니다.

아침 햇살 문틈을 비집고 들거나
소나기가 창을 두드릴 때
조바심하는 마음 과민인가요?

못 오실 줄 알면서도
행여나 기다리는 야속한 마음
먼 하늘 바라보며 한숨입니다.

그리움

외딴 호숫가 정자에
덩그머니 앉았노라면
나 몰래 살포시 다가와
내 눈 가리고 장난치던
짓궂은 그 자야가 그립습니다.

가위, 바위, 보 놀이로
손목 때려 부었지만
한 번 터진 웃음보
눈물 나도록 깔깔대던
철없는 그 가시나가 그립습니다.

굽이진 산책로에
피어오르는 아지랑이
산봉우리 휘어 넘는 뜬구름
산들바람에 나부끼는
개울가 부들마저 외롭습니다.

그리움일까?
외로움일까?
목 매임도 서러운데
적막을 깨는 목탁새 소리
내 가슴속으로 굴러들어 옵니다.

* 가시나 : 가시내의 경상도 방언. 나이 어린 처녀의 애칭.
* 부들 : 부들과의 여러해살이풀. 개울가·연못가에 많이 남.
* 목탁새 : 산에서 똑또르르 하고 목탁소리를 내는 새.

이럴 줄 알았으면!

아내가 병원에 누워 있으니
먹는 것도 먹는 것이 아니고
자는 것도 자는 것이 아니라
끈 떨어진 뒤웅박 신세다.

진작(陳迹)에 이럴 줄 알았더라면
좋은 음식도 많이 사주고
여행도 더 많이 다니고
건강도 살뜰하게 챙겨주고
사랑한다고 자주 말해 줄걸.
이런저런 후회만 함박눈처럼 쌓인다.

돌이켜 생각해 보면
아내와 눈인사를 할 수 있는 것
내가 잡은 손 꼭 잡아 주는 것.
아니, 지금 살아 있는 것만으로도
기쁨이요, 감사요, 축복이 아니랴.

하뿔싸! 장탄식 나오기 전에
다시 한번 기회가 주어진다면
후회 없는 인생 살아보고 싶다.

하닷사! 나의 당신에게

여보! 당신이 자리에 누운 지
벌써 2년 하고도 7개월이나 되었네요.

요즘 더러는 내게 묻는다오.
사모님 면회는 자주 가시는지요?
매정한 사람이라고 욕할지 모르지만
못갑니다. 아니, 안 갑니다.

코로나 때문에 대면도 못하지만
칸막이 넘어라도 당신을 보면
주저앉아 통곡할 것 같아서
안 갑니다. 아니 못갑니다.

우리 집이 있는데 왜 당신 여기 있어?
당신이 좋아하는 황토방으로 가자!
휠체어 끌고 나오고 싶어질까 봐 그래서
죽어도 안 갑니다. 아니 못갑니다.

나 혼자 눈물 삼킬지언정
당신 마음 아프게 하고 싶지 않고
당신의 애절한 그 눈빛 어떻게 보냐고요.
이승에서의 우리 인연 여기까지인가 봅니다.

오직 나만 보고 평생을 살아온 당신
부족한 나를 얼마나 보고 싶고 그립겠소만
그래도 하루라도 빨리 잊어야만 합니다.

오직 하나뿐인 나의 하닷사 나의 여보!
60여 년 동안 고마웠습니다.
미안합니다. 사랑합니다. 내가 사는 날 동안.

가을 타는 남자

호랑이 꼬리 내연산도 만산홍엽인데
우리에 갇힌 호랑이 울부짖어도
창밖엔 비바람 그칠 줄 모르네.

사뿐히 내려앉은 붉은 치마 입은 여인
아무에게나 웃음 짓는 헤픈 여자지만
왜 이리도 가슴 저린지 알 수가 없네.

빨리 지나가라고 고함을 쳐볼까!
아니! 그냥 두어도 빨리 가는 손님인데
좀 더 머물다 가라고 부탁해 봐야겠지!

고요한 산정 호숫가 한적한 오솔길 따라
가을 타는 여자 손 잡고
도란도란 걷고 싶은 가을 타는 남자!

가을 타는 여자

허허로운 산장에 인적은 멀고
속절없는 가을비 하염없는데

그림자 없는 몸뚱어리
이리저리 굴려 보지만

갈 곳 잃은 소슬바람은
뉘 찾아 창밖을 서성이는지.

가을 타는 여자가 그리워지는 밤.

그땐 알지 못했습니다

그땐 꽃피고 새 우는 봄날이
희망 충만이라는 걸 알지 못했습니다.

녹음방초(綠陰 芳草) 우거질 때는
그것이 평안이라는 걸....

오곡백과(五穀 百科) 무르익을 때는
그것이 축복이라는 걸.....

그것이 행복이었고,
주님의 은혜라는 걸…

아내가 쓰러져 병상에 있어
뒤늦게 깨달으니 후회막급입니다.

아기가 넘어지고, 자빠지면
엄마 손 찾듯이
주여! 이제라도 이 손 내밉니다.

주여! 간절히 비오니
허우적대는 이 손 붙잡아 주소서.

고독

아무리 발버둥쳐도
모질게 도리질해 봐도
떼어낼 수 없는 불청객.

태어날 때도 그랬지만
새끼손가락의 상처처럼
아리고 아린 검은 그림자.

그러나 해골 곳 나무에 달려
엘리엘리 라마 사박다니
단말마적 외침의 그 사내만 하겠는가?

죽음에 이르는 병이 아닌
인생의 동반자라 여기며
어깨동무하고 살아야겠다.

눈물이 나네요

요즘엔 어쩐지
눈물이 자주 납니다.

맛있는 음식을 보면
물 한 바가지 드시고
허리 졸라매시던
어메 생각에 회한의 눈물.

60여 년이 다 되도록
언제나 우렁각시처럼
알뜰히도 챙겨주던
마누라 생각에 고마움의 눈물.

하늘이 주신 사 남매
비록 큰 효자 아니어도
존재하는 것만으로도 고마운
행복에 겨운 감사의 눈물.

지나간 팔십 평생
우리 하늘 아버지를
좀 더 잘 섬기지 못한
송구스러움에 통한의 눈물,

나이가 들수록
눈물이 많아지고
주책바가지가 되는 걸 보니
이제야 겨우 철이 드나 보네요.

* 우렁각시 : 설화에서 비롯된 말로 아무도 모르게 좋은 일을 하는 사람을 말한다.
* 마누라 : 조선 후기에는 최고의 높임말이었다고도 전한다. (참고 : 마노라)

빈 둥지

남의 집 처마 밑에 둥지 틀고
밥 달라고 보채는
제비 새끼 사남매.
봄꽃을 즐길 겨를도 없이
날갯죽지 빠지도록 키웠는데

껍데기만 남은
옛 추억 고스란히
둥지에 남겨두고
하나둘 이소(移巢)하니
허리 꼬부라진 늙은이들만 남았네.

언젠가 둘 중 하나도
강남을 가고 나면
죽지 꺾인 제비 한 마리
외로워 눈물 흘릴 때
소쩍새도 밤새워 토혈하겠지.

오늘 하세요

쇠털같이 많은 날
오늘만 날인가!

오늘 못하면 내일 하지!
이런 말에 속지 마세요.

사랑하는 사람은
항상 당신 곁에 있지 않습니다.

기회의 신은 뒷머리가 없어
앞머리를 움켜잡아야 한답니다.

미안합니다.
고맙습니다.
감사합니다.
사랑합니다.

여태 하지 못한 고백
오늘 바로 지금 하세요.

아뿔싸! 장탄식 나오기 전에....

(아내를 요양병원에 보내놓고)

잊으렵니다.

잊으렵니다.
연분홍 꽃 피우며
이슬처럼 영롱한 파릇한 시절도
이제 우정 잊으렵니다.

지우렵니다.
찬란한 무지갯빛 젊음
아름다웠던 젊은 날의 추억도
지우개로 지우렵니다.

버리렵니다.
다정했던 진달래 같은 이름도
끈적한 옹이로 남겠지만
그냥 그냥 잊어버리렵니다.

바라보렵니다.
또렷하진 않아도 오로라 같은
저 건너편 수정 바다.
오매불망 바라보렵니다.

오늘도
쓸개를 씹으며 말입니다.

마지막 잎새의 설움

백낙원 목사 제3시집

2023년 9월 25일 초판 1쇄
2023년 9월 26일 발행
지 은 이 : 백낙원
펴 낸 이 : 김락호
디자인 편집 : 이은희
기 획 : 시사랑음악사랑
연 락 처 : 1899-1341
홈페이지 주소 : www.poemmusic.net
E-Mail : poemarts@hanmail.net

정가 : 13,000원
ISBN : 979-11-6284-478-6